京都祇園もも吉庵のあまから帖3

志賀内泰弘

PHP
文芸文庫

○本表紙デザイン＋ロゴ＝川上成夫

もくじ

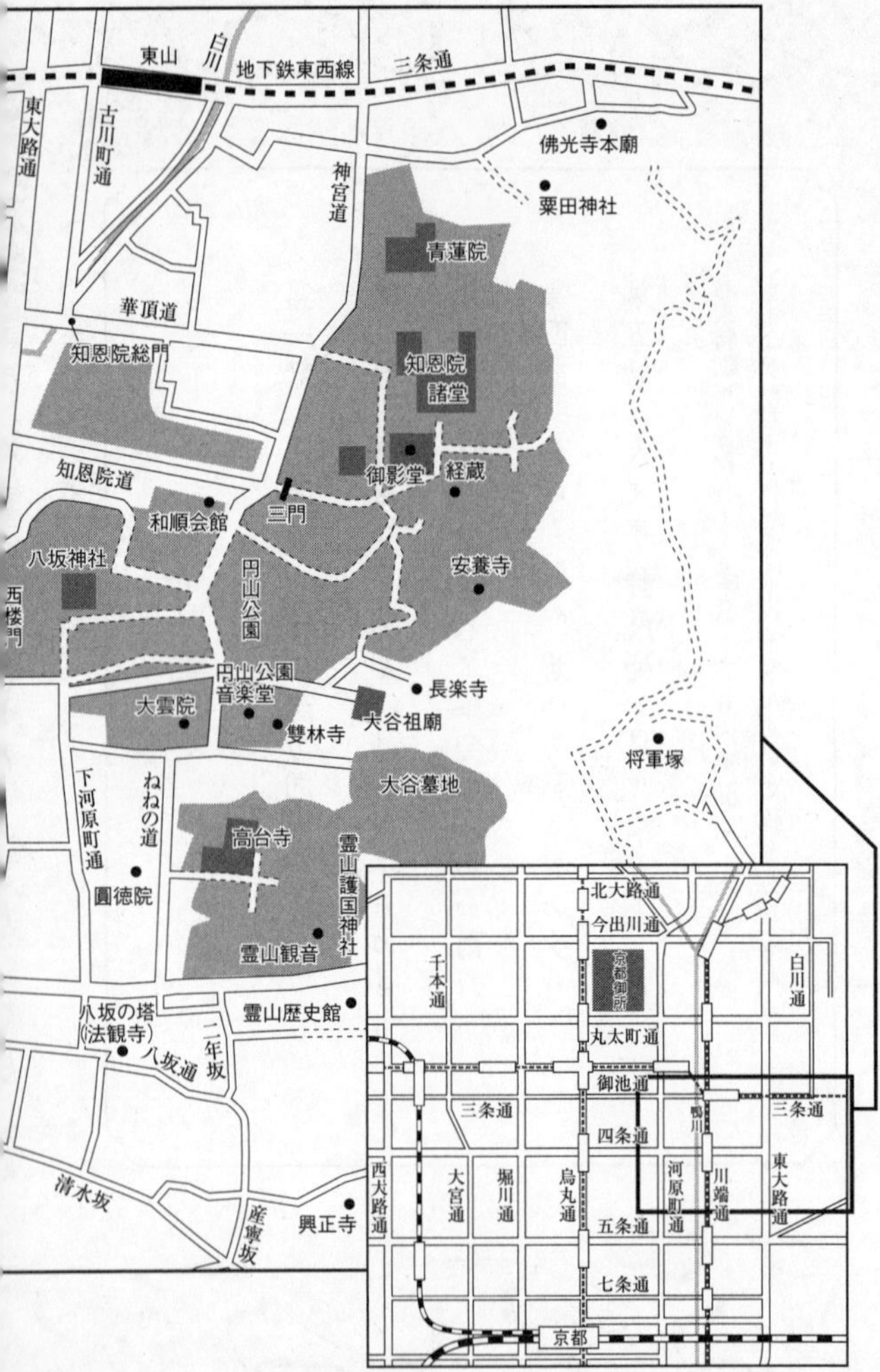
東山
白川
地下鉄東西線
三条通
東大路通
古川町通
佛光寺本廟
神宮道
粟田神社
青蓮院
華頂道
知恩院総門
知恩院
諸堂
知恩院道
御影堂
経蔵
和順会館
三門
八坂神社
安養寺
円山公園
西楼門
円山公園
音楽堂
長楽寺
大雲院
雙林寺
大谷祖廟
将軍塚
下河原町通
ねねの道
大谷墓地
高台寺
霊山護国神社
圓徳院
霊山観音
八坂の塔
(法観寺)
霊山歴史館
二年坂
八坂通
清水坂
産寧坂
興正寺
北大路通
今出川通
京都御所
千本通
白川通
丸太町通
御池通
三条通
鴨川
四条通
西大路通
大宮通
堀川通
烏丸通
河原町通
川端通
東大路通
五条通
七条通
京都

祇園町付近図

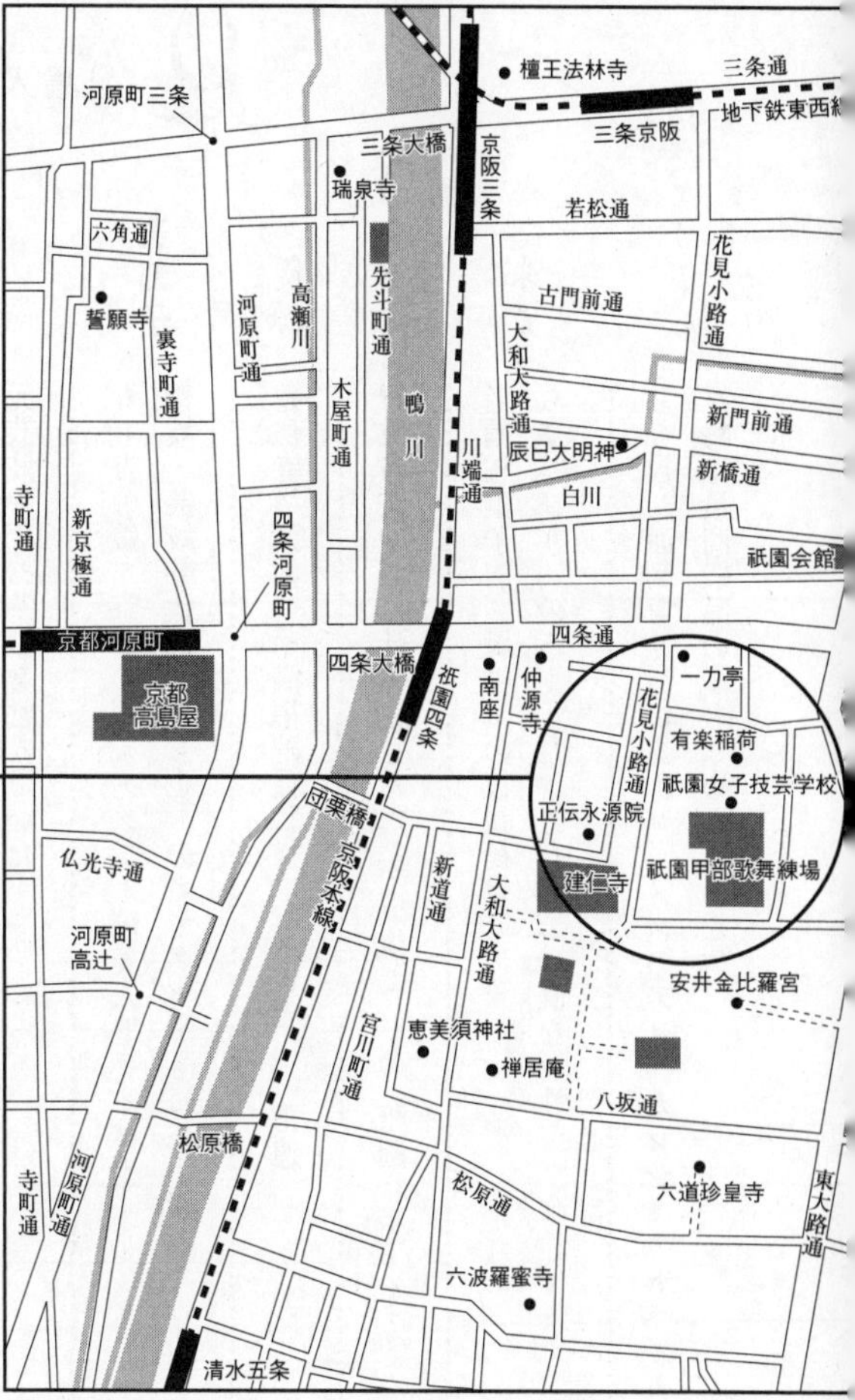

もも吉庵界隈

登場人物紹介

もも吉《きち》
祇園の〝一見《いちげん》さんお断り〟の甘味処「もも吉庵《あん》」女将《おかみ》。
元芸妓《げいこ》で、お茶屋を営んでいた。

美都子《みつこ》
もも吉の娘。京都の個人タクシーの美人ドライバー。
舞妓《まいこ》・芸妓時代は「もも也《や》」の名で名実ともに№１だった。

隠源《いんげん》
建仁寺《けんにんじ》塔頭《たっちゅう》の一つ満福院《まんぷくいん》住職。「もも吉庵」の常連。

奈々江《ななえ》
舞妓修業中の「仕込《しこ》みさん」。十五歳で一人、祇園にやってくる。

朱音《あかね》
老舗和菓子店、風神堂の社長秘書。
ちょっぴり〝のろま〟だけど心根の素直な女性。

おジャコちゃん
もも吉が面倒を見ているネコ。メスのアメリカンショートヘアーで、
好物は最高級品の「ちりめんじゃこ」。

第一話　山装い　花《か》街《がい》の恋の同窓会

「どえりゃ〜キレイだがね、こっちこっち早《は》よ見てみやぁ」

山水庭園の縁側に、女性の声がこだました。池の水面《みなも》に紅葉《もみじ》が映っている。

その女性の上着の袖《そで》を引いて、

「シー、シー、あんた恥ずかしいがね」

と仲間の女性が口元に指を立てて言った。もう一人の友達も、

「こんなとこで名古屋弁やめてチョー。みんなこっち見とるがね」

と、小さくなっている。


ポカポカしてまさしく今日は、小春日和《こはるびより》だ。初老の夫婦が書院の畳の上に座り込んで、石川丈山《いしかわじょうざん》の手と伝わる池泉《ちせん》回遊式庭園を眺めている。それはまるで、柱を額縁に見たてた絵画のようだ。蓮華寺《れんげじ》は洛北《らくほく》の知る人ぞ知る名刹《めいさつ》で、紅葉の名所だ。天台宗《てんだいしゅう》のお寺で、釈迦如来《しゃかにょらい》がご本尊。よほど詳しいガイドブックでないと載っていない。

タクシードライバーの美都子《みつこ》は、名古屋からの三人組の女性を案内した。三人とも、還暦を「かなり前に」過ぎていると言い、笑った。ママさんコーラスの仲良しグループだという。日頃の発声訓練のおかげ（せい？）か、声がよく通る。

鴨川河畔《かもがわかはん》のホテルにお迎えに行くと、

「落ち着いた静かなお寺で紅葉が見たいの」

という注文だった。永観堂《えいかんどう》や東福寺《とうふくじ》は、まだ色づき始めたばかりで見頃にはほど遠い。そこで、秋の歩みの早い、洛北の蓮華寺へとお連れしたのだった。


「どえりゃ～キレイだがね」

と、一番にはしゃいでいる背の高いピンクのスカーフを首に巻いた女性が、「シーシー」とたしなめた小柄でふくよかな（それも、かなりの）女性に言い返した。

「なんで名古屋弁があかんの？」

「恥ずかしいでしょー、ここは京都だがね」

「それがどうしたの、小さな声で。あんたもっと堂々としゃー」

「あんたのせいで、せっかく雅《みやび》な京都へ来たのに、雰囲気台無しだがね。夕べも、旅館で恥ずかしくてたまらんかったわ」

「なにぃ」

「お味噌汁《みそしる》一口飲んで、仲居さんに『八丁《はっちょう》味噌の赤だしに代えてもらえん？』って。もう穴があったら入りてゃーってこのことだわ」

「どうせ私は下品だわ。ほっといてチョー」

どんどん大きな声になり、周りに丸聞こえ。若いカップルも見て見ぬふりをしつつも、笑いを堪《こら》えられないようだった。美都子が会話の間に入った。

「よろしおすやないですか、方言に上品とか下品とかありまへんから。タクシーの仕事していると、『お国自慢って、ええなあ』思います。言葉も食べ物も」

「ですよネー」

と、背の高い女性。しかし、ふくよかな女性が、

「でも、『ナントカしてはる』とか、『おこしやす』って、とても憧れます」

「なに格好つけとりゃーすの。そこは『とても』じゃなくて『どえりゃー』でしょ。焼き芋ばっかり食べてる人が、何言っとりゃーすの！　だで、太るんだがね」

またまた、周りの拝観客の笑いを誘った。美都子が、

「うちも焼き芋好きどす」

と言うと、ふくよかな女性が、

「まさかー、京都と焼き芋なんてイメージが狂うがね」

と聞き返してきた。

「そやけど、京都にも有名な焼き芋屋さんが何軒もあって……」

そう言いかけたが、ふくよかな女性が途中で遮って言う。

「京都といえばきれいで上品な和菓子でしょう。それにしても、運転手さんはきれ

いで上品よねぇ」

「おおきに」

ずっと言葉少なだった、もう一人の女性が言う。

「そうそう、京美人。ドライバーさん、誰か女優さんに似てるって言われない？」

やや目じりが下がり、いつも微笑んでいるように見える瞳。スーッと芯の通った小高い鼻。占いでは「恋多き性格」と言われるぽっちゃりとした唇。

美都子は、十代の頃から「美人」と言われ続けてきた。

「そうそう、私も思ってたがね」

「おおきに。実はうち、大昔に映画に出たことがあるんどす」

「ええッ⁉」

三人のお客様が目を丸くして美都子を見つめた。すぐ隣で庭に見入っていたカップルにもチラッと聞こえたらしく、こちらを見た。

「ほんのちょい役やけど。まあ、エキストラみたいなもんどす」

「へえ〜どんな役？」

「祇園《ぎおん》の舞妓《まいこ》さんの役どす」

三人は、さっきの三倍もびっくりした様子で美都子を取り囲み、

「ええ？　いいなあ〜舞妓さんの格好できるなんて。舞妓さんの着物着るなんて、

たいへんだったでしょ。でも、私も着てみたいなあ」

と羨《うらや》ましそうに口々に言った。ところが、

「いえ、いつもの仕事の着物のままやさかい、難しいことはあらしまへんどした」

と美都子が言うと、三人がまた揃《そろ》って声を上げた。

「え⁉」

「実はうち、十年くらい前まで祇園甲部《こうぶ》の芸妓《げいこ》やったんどす。祇園生まれの祇園育ちやさかい、着物はジーンズ穿《は》くのと変わらしまへん」

三人は、美都子の頭から足先まで、視線を這《は》わせた。広い襟《えり》のついたシルバーグレーのベストに紺のパンツスーツ。上着の両腕とスラックスの脇には、縦に二本、山吹色《やまぶきいろ》のストライプが走る。有名なミラノブランドのスカーフを首にキュッと巻く。

前髪をクルッと小さくカールさせたショートボブに、天使の輪が光っている。

「どうりでセンスいいわぁ」

美都子は、最近、進んで芸妓時代の話をするようにしている。それもお客様サービスの一つだと思うのだ。おしゃべりも弾むし、謎めいて思われている花街《かがい》の文化やしきたりのことを、きちんと説明できるのも嬉《うれ》しかった。

もう一つサービスで、三人の前で、京舞《きょうまい》の所作よろしく、くるりと一周回ってポーズを決める。

そのおかげで、三人のお客様との会話も盛り上がった。

場所を移し、西陣《にしじん》の料亭「萬亀楼《まんかめろう》」へと向かった。

名物の竹籠《たけかご》弁当を食べながら話すうち、心の距離も近くなった。

美都子の方から訊《き》きもしないのに、代わる代わる苦労話を始めた。三人ともこの数年の間にご主人を病気で亡くして、今は淋《さび》しい一人暮らしなのだという。それで、こうして時々、日常を離れ旅行に出掛けているのだそうだ。

一番賑やかで、背の高い女性は「真知子《まちこ》さん」と言った。学生時代からの付き合いで恋愛結婚したご主人は、仕事一筋だった。「定年後は、キャンピングカーで全国を気ままに旅行しよう」と相談していた矢先、ご主人にがんが見つかった。

手術後の抗がん剤治療は、想像以上に辛《つら》かった。「ダイエットしなきゃ」と言うほど太っていたのに、吐き気で食事が喉《のど》を通らず……みるみる痩《や》せていく。よほど薬が合わなかったのだろうか。治療を中断したとたん、肝臓に転移がわかる。

また手術。うまくいかず、ほとんど寝たきりになる。真知子さんは、看病しながら悶《もだ》えたという。旦那さんは、「死にたい」と言う。「何言ってるのよ、旅行に一緒に行くと言ってたでしょ」と励ます。でも、先が長くないことはわかっている。なんにもしてあげられない。身体《からだ》のあちらこちらが痛みに襲われるたび、そこをやさしく撫《な》でてあげるしか術《すべ》がなかったそうだ。最後に、真知子さんがぽつりと呟《つぶや》いた。

「生きるもたいへん……」

他の二人が、涙ぐんで呟く。

「……死ぬのもたいへん……見送るのもたいへんだわ」

座敷は静まりかえった。朗らかで幸せそうに見えても、人はわからぬものだ。

「ごめん、ごめん。暗い話してしまって」

二人の友達は、以前にも聞いているらしいが、美都子も、瞳《ひとみ》が赤くなった。

背の高い女性が、明るく振舞って言う。

「私たち、『子どもにも、誰にも迷惑かけずにポックリ逝《い》きたいわ』って、いつも言い合ってるの。ねえ、運転手さん。京都に、ポックリ逝ける願いを叶《かな》えてくださる仏様は、ありゃーすの？」

「あります、あります。そないでしたら、このあとそちらへご案内しましょう」

ということで、美都子がお連れしたのは、即成院《そくじょういん》だった。皇室ゆかりの名刹・

泉涌寺《せんにゆうじ》の塔頭《たっちゆう》の一つである。「極楽往生」の願いを聞き届けてくださることから、「ポックリ信仰」で崇《あが》められている。

美都子が、即成院の境内《けいだい》にタクシーを進めようとした。

その時、だった。

山門のところで、寺内から歩いて出て来た男性とすれ違った。

その男は、いったん立ち止まり、美都子の車をやり過ごしてから、門を出た。その姿に見覚えがあった。

かなり風貌《ふうぼう》が変わってしまっていた。

でも、間違いない。

右手をズボンのポケットに入れたままで、背を丸めがちにトボトボと歩いている。

（どないしよう）

追い駆けたい衝動に駆られた。だが、お客様を案内しなくてはならない。迷いながらも、駐車場に車を停めると、三人を本堂へと誘《いざな》う。美都子は、三人がご本尊の阿弥陀如来《あみだにょらい》を拝観している間に、お守り授与の受付をしている老女に尋ねた。

「あの〜先ほど門前でナントカいうお芝居の人見かけた気がしたんやけど、名前が思い出せんでモヤモヤしてしもうて……」

「ああ……やっぱり。わても似てるな……思うたんやけど長谷川七之介《はせがわしちのすけ》やったんや。老けてみすぼらしゅうならはって、勘違いかと思うたんやけど」

「そうそう七之介、七之介や、思い出した。最近、度忘れが多なって」

「私なんか昔からや、おほほほ」

老女が口に手を当てて笑った。

（七さん。もう……十五年？　変わり果ててしもうた。精気が失《う》せてしもうて）

美都子は今からでも追い駆けたかったが、もう遅い。老女が言う。

「そうそう、あん人なあ『来世極楽浄土』の手形求めていかはったで」

「え！　来世極楽浄土……？」

「なんや片方の手が不自由なんやろうか。財布取り出すのにも難儀《なんぎ》してはった」

美都子は、なにやら嫌な予感がした。暗く鬱々《うつうつ》したものを抱え、再び三人を乗せると人気のカフェへとハンドルを握った。


その日の夕。

美都子は帰宅して、「もも吉庵《きちあん》」へ顔を出した。

美都子の母親のもも吉が営む甘味処だ。歳は七十を超えているが、還暦そこそこにしか見えない。いや、もっと若いと見る者もいるかもしれない。元芸妓でお茶屋の女将《おかみ》をしていたが、転業したのだ。

格子の引き戸を開け、飛び石伝いに奥へ進むと、店の中から笑い声が漏れ聞こえて来た。

「おお、美都子ちゃんおかえり」

「隠源《いんげん》さん、こんばんは」

笑い声の主は、隠源。祇園に隣接する建仁寺《けんにんじ》塔頭の一つ、満福院《まんぷくいん》の住職である。

「美都子姉ちゃん、こんばんは」

「隠善《いんぜん》さんも、こんばんは」

隠源の息子で、副住職を務めている。

店内は、L字のカウンターに背もたれのない丸椅子が六つだけ。内側は畳敷きだ。女将であるもも吉が、畳に正座して出迎えた時、お客様と同じ高さの目線になるようにと設計したという。

角席にちょこんと座るおジャコちゃんも出迎えて鳴いた。

「ミャウ〜」

たぶん「おかえり」と言ってくれているのだろう。

気品あふれるメスのアメリカンショートヘアー。店に迷い込んだのを、もも吉が世話し始めたのがきっかけで、今も面倒を見ている。京都名物の「ちりめんじゃこ」が大好物という超グルメ猫だ。元々、どこか大きな料亭で飼われていたのかもしれない。

年甲斐《がい》もなく、

「なぁなぁ、ええやろ〜」

と隠源が甘えた声で言う。もも吉は、それにピシャリ。

「何言うてますのや、そんなんあかん」

それでも隠源は、法衣《ほうえ》の袖を捲《まく》し上げて茶碗をもも吉に差し出して催促する。

「どないしたん？」

と美都子が尋ねた。

「これ見てや、美都子ちゃん。今日の麩《ふ》もちぜんざい、栗《くり》が入ってるんや。それも、粒を三つ四つくらいに粗《あろ》う砕いてなぁ」

麩もちぜんざいは、もも吉庵の名物だ。

「美味《おい》しそうやなぁ。あれ？　ただの栗やないなぁ」

「そうなんや、マロングラッセや。ほら、ええ匂いがするやろ」

と、美都子に茶碗を近づけた。

「ほんまや、これブランデーやないの」

もも吉が、説明する。

「これなぁ、恭《きょう》ちゃんが拵《こしら》えたの分けてもろうたんや。シロップだけやのうて、ブランデー入れて煮詰めたさかい、ええ香りがするやろ」

恭ちゃんとは、もも吉の幼馴染《おさななじ》みで「神楽岡別邸《かぐらおかべってい》」の女将・恭子《きょうこ》のことだ。神楽岡別邸は、吉田山の麓《ふもと》にある料理旅館。その建物は明治期、海外からのお客様をもてなすための迎賓館として建てられたものだ。

「そうなんや、そうなんや。あんまりええ匂いやさかい、ここにもうちびっとだけブランデー垂らしてて、ばあさんに頼んでたところや」

「人に頼み事しといて誰がばあさんやて」

「す、すまん。つい」

「何がついや」

いつものことながら、もも吉と隠源のやりとりには呆《あき》れる。美都子は助け船を出してやった。

「お母さん、総合病院の高倉先生《たかくらセンセ》からもろうたナポレオン出してあげたら？」

「おお、美都子ちゃん、おおきに」

仕方なさそうに、もも吉は奥の間からナポレオンの瓶を持って来て封を切った。

そして、半匙《さじ》ほど垂らした。

「なんや、あ〜もっとや。もっと」

「ああん、やかましいなぁ」

もも吉は、瓶ごと傾けて、ドボドボッとブランデーをぜんざいに注いだ。

「あっ、何するんや！」

「これでどうや」

「あ〜こんなん食べられへんやないか〜」

もも吉は、情けない声を出す隠源を見て、愉快《ゆかい》げに笑った。

ぜんざいの茶碗を片付けると、隠源が、

「ほな隠善、帰ろか」

と言い、立ち上がった。それを見て、美都子が話しかけた。

「隠源さんにも、一緒に聞いてもらいたいことがあるんやけど」

「なんや美都子ちゃん」

隠源が座り直すと、隠善も席に戻った。

「今日な、七之介はんらしきお人を見かけたんや」

美都子がそう言うと、もも吉と隠源がまるで声を合わせたかのように言った。

「なんやて⁉」

美都子は、即成院での話をした。

「らしき、言うたけど、間違いない思う」

「そうか……」

隠源ももも吉も、宙を見上げて黙り込んでしまった。隠善が、事情を尋ねていいものかどうか、みんなの顔色を窺《うかが》っている。それを察して、美都子は、隠善に「かつて」の出来事を話してやった。

あれは、今から十五年以上も昔のことだ。美都子が、祇園甲部一の人気芸妓として活躍していた頃の話である。

長谷川七之介は歌舞伎《かぶき》俳優だった。名優・七代目長谷川伝禄《でんろく》の次男として生まれ、五歳で、歌舞伎座の舞台を踏む。子役としてテレビドラマにも出演し、十代で自ら歌うテレビドラマの主題歌もヒットし、アイドル的な人気を博していた。世間では兄よりも八代目にふさわしいとまで噂《うわさ》された。

それで有頂天になった。

ちょうどその頃、上方歌舞伎界の名跡《みょうせき》・尾之内《おのうち》家の次男・八衛門《はちえもん》と出逢《であ》った。「伝統に寄りかかっていてはダメになる」「演劇界に新しい息吹を！」と意気投合。ミュージカル歌舞伎「七八座《しちはちざ》」を立ち上げた。双方の梨園《りえん》から猛反対。振り切って準備をするうち、破門。マスコミが面白おかしく書きたて、追い詰められての船出だった。

ところが、公演は大盛況。全国ツアーも果たし、二人は時代の寵児《ちようじ》となった。二人とも俳優であるとともに制作すべてに関わった。七之介が演出、さらに、舞台装置、衣装デザインまでも手掛けた。八衛門は脚本を担当した。その他、プロデュース、広報も。二人は、まさしく二人三脚、八面六臂《はちめんろつぴ》の活躍だった。

二人が率いる一座は、年を重ねるごとにファンを増やし、活躍の場は舞台に留まらずテレビ、映画へと広がる。七之介には、別の劇団の演出や、映画の監督のオファーも舞い込んだ。八衛門も同様、テレビや映画、お芝居の脚本を次々に書いた。

マスコミは「気の合う似た者同士」と報じた。同じ歌舞伎界の名跡出身だが、父親の名前を継ぐことのできない立場だったからだ。それで反発して、家を飛び出したと思われていたらしい。

だが、二人の性格は正反対だった。

美都子は、頻繁《ひんぱん》にお座敷に呼ばれた。単にお客様と芸妓の付き合いではない。もも吉や隠源とともに、夜を明かして騒いだものだった。「七八座」を立ち上げる際には、もも吉のお茶屋の二階に寝泊まりして企画を練った。その脚本には、大のお芝居好きのもも吉や美都子のアイデアも盛り込まれていた。

その後、揃って美都子をくどいたこともあった。二人は毎週、いや数日置きに東京から新幹線で祇園に通ってきた。もちろん、本気ではないことは美都子も承知していた。なぜなら、人気スターになった二人は、映画やドラマなどあちらこちらで共演した女優と浮名を流し、競うように週刊誌のグラビアを賑わしていたからだ。

だから、七之介と八衛門、二人のことはよく知っていた。

七之介は、繊細で思慮深い。ものごとにこだわりが強く、ひとたび稽古《けいこ》が始まると、とことんダメ出しをする。出演俳優が音《ね》を上げるぎりぎりまで粘って、最高の舞台を作り上げた。

比して八衛門は、裏表のないカラッとした性格。真っすぐで豪胆、快活だった。それが脚本によく表れていた。ポンポンッという小気味よいセリフ回し。勧善懲《かんぜんちょう》悪《あく》のストーリーは、観る者の心を快感に導いた。

二人は、稽古の最中、言い争いになることもしばしば。脚本家と演出家。お互い譲らず、稽古場で摑《つか》み合いになることもあった。そう、二人は、ただの「気の合う似た者同士」ではない。公私ともに、ライバルだったのだ。

隠善は、前のめりになって美都子の話を聞いていた。

「芸能界のこと疎《うと》くてあんまりわからへんけど、何かあったん？」

「不幸なことが起きてなぁ」

美都子が、神妙な顔つきで言った。もも吉も隠源も口を一文字にして黙っている。

「不幸……？」

「そうや、もしあの事故が無かったら……。忘れられへん。お母さんと『七八座』新作ミュージカルの初日、そこの南座《みなみざ》へ観に行った日のことや。それも、一番前の一番ええ席やった」

隠善が、一つ唾《つば》を飲み込んだ。

晩秋の部屋が、一瞬の間《ま》、静けさに包まれた。

七之介は、どこをどう歩いたのかわからなかった。

昔、世話になった木屋町《きやまち》の居酒屋の片隅で飲んだ。

財布の中身は乏しかった。クレジットカードは、とうの昔に使えなくなっている。財布を取り出そうとして、床に落とした。それを拾おうとして、箸《はし》も落としてしまった。その音に、隣の労働者風の男がこっちをチラリと見た。右手をポケットに突っ込んだまま、左手だけで不器用に拾おうとする様子を不思議そうに見ている。

いや、そんな気がしただけかもしれない。

「実は……」

と大将に小声で切り出すと、一瞬眉をひそめたが、

「お代はええから、自分の身体大事にしなはれや」

と、他の客に聞こえぬよう囁《ささや》いてくれた。それが、かえって惨《みじ》めさを増幅させた。

表に出ると、夜風に身体が震えた。

気温が下がって来たようだった。

ふと、焼き芋が食べたくなった。かつてマネージャーの咲子《さきこ》が、よく差し入れしてくれた焼き芋だ。一座を旗揚げするのに、莫大《ばくだい》な資金が必要だった。二人ともぼんぼん育ちで、そろばん勘定に疎《うと》い。支援者を回ってかき集めたお金が底をつく。なのに、「もっといいものを」と舞台装置などを追加発注した。そのせいで、二人ともホテル代どころか、その日の食事すら困るようになってしまった。伏見稲荷《ふしみいなり》近くの、咲子の実家に転がり込んだ。父親とは早くに死別。母親も臥《ふ》せりがちで、生活が苦しいのが一目でわかった。だが、母親は、二人を自分の息子のように、無理を押してあれこれと世話を焼いてくれた。咲子の部屋で明け方まで台本を前に議論

を戦わせ、雑魚寝《ざこね》した。

その頃、「子どもの時から食べてるの」と、咲子が買って来てくれたのが焼き芋だった。生まれて初めて貧しさを経験した七之介は、焼き芋がこんなにも美味しいと思ったことはなかった。

ふらふらと歩き、閉店間際の酒屋でカップ酒を買った。店主に尋ねる。

「このへんに、焼き芋売ってるところ……知りませんか？」

親切な御仁で、新聞のチラシの裏に地図を書いてくれた。財布の残金はあと僅《わず》か。夕方にチェックインしたホテルの支払いのことなど、もう頭になかった。

鴨川《かもがわ》のほとりでカップ酒を飲み干す。酔いが回っていたが、地図を見ながら歩き始めた。しかし、教えられた焼き芋屋は、扉が閉まっていた。

当然だ。もうすぐ日付が変わる。

「チェッ」

唾を地面に吐く。

「なんだ……最後の晩餐《ばんさん》も食べさせてくれないのか」

七之介は、千鳥足でホテルへと向かった。

「嫌な予感」が当たってしまった。

即成院で七之介を見かけてから、三日後のことだ。

美都子は、お客様を嵐山《あらしやま》から栂尾山《とがのおさん》・高山寺《こうさんじ》に案内した。

「ああ、どこも人、人、人で疲れたわぁ」

と、夕方、甘味処「もも吉庵」へ顔を出した。

「美都子！　たいへんや」

もも吉がカウンターから乗り出さんばかりの勢いで言う。

「なんやの～お母さん、声張り上げて」

「こっち来なはれ」

「もう～」

促されて奥の間へ行く。

もも吉が、居間のテレビの画面を指差す。そこには、京都市内の総合病院の玄関が映し出されていた。女性リポーターが、いかにも悲痛そうな表情で、ことの次第を告げていた。

今朝がた早く、鴨川沿いのホテルで俳優の長谷川七之介が多量の睡眠薬を服用し自殺を図ったという。幸い、発見が早く一命は取り留めた。担ぎ込まれた病院の前は、大勢の報道陣でいっぱいだった。リポーターが言う。

「長谷川さんは元歌舞伎俳優で国民的スターとして人気を博しておりましたが、不幸な事故をきっかけに表舞台から遠ざかっておりました」

美都子ともも吉は、画面を食い入るように見る。

「警察の発表では、ホテルの部屋の枕元には、即成院の『来世極楽浄土』の通行手形が置いてあったとのこと。覚悟の上での自殺と推察されます。入院先の病院前から武藤《むとう》がお伝えしました」

早速、番組スタッフが即成院へ駆けて手に入れたのだろうか。五角形で将棋の駒のような形をした木製の手形が、画面に映し出された。

画面は、気象情報に切り替わった。美都子は凍りついたようにテレビの前から動けずにいる。もも吉が美都子の肩を抱き寄せた。

「あんたこの前、七之介はん見かけた言うてたなあ」

美都子は言葉を返せないでいる。

「まさか……こないなことに……」

真っ青な顔つきで美都子が言う。

「お母さん、力貸してくれへんか」

「なんやの？」

「七さんに会うにはどないしたらええやろ」

七之介は、ベッドの上で毛布を被《かぶ》って泣いていた。

死のうと思った。

薬を飲んだ。

でも、死なせてはもらえなかった。

生来、気の弱い性格だ。首などくくれないし、高いところから飛び降りる勇気もない。青酸カリなどという薬物は、どうやって手に入れたらいいのかわからない。長く、心療内科に掛かっていた。その時、処方された睡眠薬がたくさん残っていたことを思い出し、一度に飲んだのだ。

単純なミスを犯した。なぜ、連泊することにしなかったのか。それも薬を飲んだのは、明け方の四時過ぎだった。お昼を過ぎてもチェックアウトをしないので、支配人が部屋まで様子を見に来て、救急車と警察を呼んだのだった。

いや、ミスではない。

おそらく、死にたくはなかったのだ。

生きたかった。できるものなら……。それで、発見してもらえることを、心のどこかで期待していたに違いない。

あの日のことが、走馬灯《そうまとう》のように蘇る。

「後悔」の二文字。

後悔してもし切れない。

京都四條、南座、「七八座」の新作ミュージカルの初日。

クライマックスの場面だ。

舞台から六メートルの高さに、雲の帯が浮かんでいる。いくつものパイプを組み合わせて設置したものだ。その雲の上で、龍の化身《けしん》の七之介と、虎を演じる八衛門が大立ち回りを繰り広げる。観客席の人たちは、舞台から一段低い位置に座っているので、遥《はる》か天空を見上げるようになるという見せ場である。

七之介の龍が、八衛門の虎に躍り掛かる。それを、虎が牙をむいて迎え撃つ。今度は、龍がするどい魔の爪で弾き飛ばす。上手《かみて》から下手《しもて》へ、下手から上手へと雲の上を所狭しと丁々発止《ちょうちょうはっし》の闘いを繰り広げる。

なかなか勝負がつかず、観客が苛立《いらだ》ちを覚える頃、天からロープが垂れ下がって来る。分身の術を操《あやつ》る七之介により、三匹の龍が雲の上に舞い降りたのだ。八衛門の虎が絶体絶命のピンチに追い込まれるシーンである。

その天から降りて来た、龍の分身の一匹の尾っぽが、八衛門の虎にぶつかって身体がグラリと傾《かし》いだ。観客は、歓声を上げた。しかし、それは台本とは違った。計算外のハプニングだった。

八衛門の虎は、その勢いで身体をクルリと回したかと思うと、トントントッと、たたらを踏む。それも見せ場に違いないと観客はさらに沸いた。

次の瞬間だった。

八衛門は、雲の上から足を踏み外した。

ウオー！　と客席の声が響く。

八衛門は、とっさに下まで垂れ下がっているロープに左手で摑まった。ロープがその勢いでブラブラと揺れる。八衛門は宙ぶらりん。観客は、「何か変だ」とざわつき始める。

七之介は、咄嗟《とっさ》に雲の上から右手を差し伸べた。

八衛門の右手をグイッと摑む。

「よし！」と思った。……ところが、それがかえって二人に災いした。

右手と右手。一つの拳になったものが、ジリジリと緩んでいく。

（ああ、だめだ離れる……）

耐えきれない。手から、スーッと力が抜けた。それは、まるで階段を踏みはずした時のようだった。前のめりになって八衛門を支えていた七之介も、バランスを崩して雲から転げ落ちた。衣装を纏《まと》った二つの巨魁《きょかい》が、一瞬の間をおき、続けて舞台の上に落ちた。

ドドーン！

ドーン‼

二人が落ちた音が劇場の隅々にまで響いた。

「キャアー！」

満場の観客が悲鳴を上げた。

二人は、共に四十キロ近くの舞台衣装を纏っている。

鈍く、バキッと骨の砕ける音がした。

「八《はち》さん、八さん、大丈夫か」

七之介は、自分の真下に横たわる八衛門に呼びかける。が……返事がない。自分も、腰や、肩、腕がズキンズキンと痛んで動かせない。

スタッフが駆けつけてきた。

「お〜い、みんな。まず七之介さんをこっちへ運ぼう」

そう言い、「せ〜の」と持ち上げた。

その瞬間、七之介の右腕に激痛が走った。

脳に電気が走るような感覚とともに、七之介も意識を失った。

最後に誰かが、「救急車！　救急車だ‼」と怒鳴っている声が、かすかに聞こえた。

七之介は右腕を骨折し、腱《けん》が断裂した。

神経が切れて動かなくなった。

主治医の先生には「リハビリすれば治る」と言われた。

一か月、三か月……そして半年。いっこうに動かない。

焦りは苛立ちへ。さらに憔悴《しょうすい》へと変わった。

やがて「かなり望みは薄いと思います」と、先生から言い渡された。

「治るって言ったじゃないか！」

と怒鳴って先生の胸倉を左手で掴んだ。何人もの看護師が飛んで来て大騒ぎになった。

少し時間が経つと、虚《むな》しさが襲ってきた。右腕が動かない……。それは、役者生命の終わりを宣告されたのと同じだった。

絶望の淵《ふち》に落とされた。

しかし七之介は、それよりも辛い苦難を背負うことになった。時おり、病室を訪ねて来るマネージャーの咲子から八衛門のことを聞いた。

八衛門は、右腕どころか首から下が一切動かせなくなってしまった。舞台に先に落ちた八衛門の上に、一瞬の間を置き落ちて来た七之介の全体重がのしかかり、脊椎《せきつい》が砕けた。あの時、咄嗟《とっさ》に手を差し出したことが、逆に災いとなってしまったのだ。

咲子が言った。

「八さん、七さんに会いたがってはるよ」

何度も、何度も。

だが、申し訳なくて、とても病室に会いに行くことができなかった。

舞台関係者、そして現場で見ていた者の誰もが慰めてくれた。

「七さんの責任じゃないよ」

「気にしない方がいい」

でも、それは違った。……本当は、自分のせいなのだ。

初日の舞台が始まる直前のことだ。

もうすぐ、幕が上がる。その時、七之介は、舞台上手のカーテンの裏にいた。咲子と二人きり。胸が張り裂けそうで、苦しくてたまらなかった。

それは、恋だった。

咲子は、七之介と八衛門、二人のマネージャーだ。元々、南座の舞台の下働きをしていたが、その働きぶりに目を付け一座立ち上げの時に頼み込み、二人の世話をしてもらうようになった。それだけに、苦労を共にして来た仲間でもある。

昨日、八衛門が咲子を誘って食事に出掛けたことを耳にした。いつも三人。どこでも何をするのも三人だった。それが、自分に内緒でだ。

七之介は知っていた。八衛門も、咲子のことが好きなのだと。あいつも本気なのだと。長い長い付き合いだ。見ていればわかる。きっと夕べ、気持ちを打ち明けたのに違いない。ひょっとしてプロポーズしたのかもしれない。

そう思うと、居ても立ってもいられなくなった。

このまま、モヤモヤしながら、初日の舞台に臨むことなどできない。でも、こと色恋に関しては蚤《のみ》の心臓だ。迷ううちに、舞台の始まるギリギリの時間になってしまった。

薄暗い舞台袖。大道具の陰で、咲子に、

「好きなんだ、一緒になってくれ」

と言った。暗闇の中、うっすらと光る咲子の瞳を見つめて答えを待った。ほんの二、三秒だろう。それがどれほど長く感じられたことか。

「かんにん、七さん」

と、咲子がうつむいた。

「なんでだ、咲ちゃん」

「そないなこと、なんでこんな大事な時に言うんよ」

「なんでって……夕べ、八さんと食事に行ったろう」

咲子の表情が硬くなった。目が泳いだように見えた。

「やっぱり。八さんから告白されたんじゃないのか」

「え⁉　……」

「俺より、八さんを選ぶのか？」

咲子が答えようとした時、声がかかった。

「七之介さん、幕が上がります」

どうしようもない、せつない気持ちを抱きつつ、七之介は舞台に向かった。

嫉妬《しっと》だった。

七之介は、自分の卑《いや》しい心が嫌で嫌でたまらなかった。その嫉妬がなければ、「あの時」、舞台へと落ちていく八衛門の手を、もっと力強く握れたに違いない。心のどこかに、「助けたくない」という気持ちが潜んでいたのではないか……。

実は、もう一つ思い当たる節《ふし》があった。

七之介は、八衛門の才能にも嫉妬していたのだ。

先月、日本アカデミー賞の授賞式があった。八衛門が脚本を書いた映画が、作品賞、監督賞、女優賞など五部門に輝き、なんとそのうえ脚本賞も受賞したのだ。授賞式を客席から見ながら、心を込めて拍手を送った。だが、同時に、心の中に「なんであいつの作品が」という思いが、心の襞《ひだ》からにじみ出てくることに気付いた。

七之介の監督した映画もその年封切られたが、ノミネートさえされなかった。

(あいつはたしかにすごい。才能がある)

「嫉妬」だなどと認めたくなかった。そんな醜い自分を認めたくない。そう思えば思うほど、八衛門の才能をうらやむ気持ちが募っていった。

だから……。

もし……。

咲子への恋心と、八衛門の才能への嫉妬がなかったら、摑んだあいつの右手を、もっと強く握りしめて引き上げられたかもしれない。

(いや……きっとそうだ。俺は、あいつを救えたんだ。俺があいつを全身不随にしてしまったんだ)

「後悔」の念は自分を責めて、責めて、心と身体をボロボロに蝕《むしば》んだ。心が荒《すさ》み、リハビリもやめてしまった。

自殺を試みたものの生きながらえた者は、以前にもまして心を病むという。七之介は、この十五年のことを思い出しては涙した。

コンコンッ。

と、病室のドアを叩く音がした。ドアは半開きだ。また自殺を図る恐れがあるのではないかと、思われているらしい。看護師が頻繁《ひんぱん》に様子を見に来る。

「七さん」

「え？……」

（誰だろう。看護師が『七さん』などと親し気に呼ぶはずはない。昔の舞台関係者が、お見舞いに来てくれたのだろうか）

もう一度、呼ばれた。

「七さん、お久しぶり」

「誰だ……」

と毛布から頭を出した。

そこには懐かしい顔があった。

美都子は、総合病院の裏口からそっと入った。警備の人がいるので、そうやすやすと入ることはできない。普段ならまだしも、表にはマスコミがまだ数組、張り込んでいる。院長の記者会見を待っているらしい。

だが、手引きしてくれる人がいた。高倉院長だ。美都子がもも吉に、

「七さんに会うにはどないしたらええやろ」

と相談すると、その場で院長に電話をしてくれた。

「あんさん、そこのところ融通してえな」

電話の向こうの声が聞こえた。

「そんな無茶言わはって、もも吉お母さん、かんにんして……」

「ええか、高倉先生《センセ》。奥さんに『あのこと』言うてもええんやな」

「もも吉お母さんにはかなわんなぁ、わかったわかった。特別やでぇ、絶対に内緒や」

院長は、もも吉がお茶屋の女将をしていた頃からの、大のご贔屓《ひいき》だ。院長は、若い頃から遊びが大好きだった。少々の悪さもしたと聞いている。

一見、高倉院長の弱みを握って脅しているようにも聞こえるが、どうやら気心知れた二人の言葉遊びのようなものらしい。それが証拠に、もも吉は高倉院長の奥さんとも一緒にお芝居に出掛けるほど親しく、家族ぐるみの付き合いをしている。

「美都子、すぐに総合病院へ行きなはれ」

「へぇ。さすがお母さんやなぁ」

「こないな芸当は朝飯前や。それからなぁ、でけたら八さんにも……」

「そやなぁ、急ぐさかい悪いけど、そっちはお母さんから頼むわ」

「承知や。美都子、お気張りやす」


そうして、美都子は七之介を病院の裏口から連れ出した。

七之介は、「もも吉庵」が甘味処に変わったことを知らない。

カウンターの丸椅子に、ぽつんと座った。背もたれがないので、倒れそうだ。項《うな》垂《だ》れるようにして、カウンターに左手をついて身体を支えた。

「もも吉お母さん、ご無沙汰しております」

「ほんまご無沙汰やったなぁ」

「その節はお世話になりました」

もも吉が背筋を伸ばし、笑顔で座っている。もも吉も、心配で仕方がないはずだ。それを悟られぬよう、いつもよりも笑顔に努めているに違いない。

「さあさあ、食べとくれやす、麩もちぜんざいや」

フワーと湯気が上がった。

「心が寒い時は、お腹温《ぬく》めるに限るさかい」

美都子が木匙《さじ》を取って、七之介に渡す。それを左手で弱々しく受け取った。

七之介が、一口ぜんざいをすすった。

そして、また一口。

気のせいか、口元がほっと緩んだように見えた。

「懐かしおますなあ。七さんと八さんで美都子を取り合ったんが昨日のことのようや」

美都子は、笑って言う。

「なんやの、いややわぁ〜お母さん」

黙していた七之介が口を開いた。

「若かったなぁ……昔、よくここへ通わせてもらったなあ」

「失礼やなぁ、昔て。うちは今も若いえ」

わざとらしくおどけて言うも吉に、初めて七之介が笑った。だが、すぐに真顔に戻り、うつむいて言う。

「なんで死に損ないの俺を連れて来たんだ。二人して笑いものにするつもりか」

怒るでも吐き捨てるでもない。

世捨て人のように力なく呟いた。

美都子は、ちらりちらりと、腕時計を見た。段取りは、もも吉に任せてあった。

（急なことやけど、そろそろ着くんやないやろうか）

美都子は、待ちきれず、七之介に話し掛ける。

「今日は同窓会しよう思うて、ええ人を呼んであるんよ」

七之介が、顔を上げて、にぶく答える。

「同窓会って？」

ちょうど、その時だった。もも吉が、表の方に眼をやり、

「来はったみたいや」

と言う。静けさの中、通りに面した格子戸が、ガラガラと開く音がした。

「うち、手伝《てつど》うてくる」

「そうしなはれ」

「手伝うって？……」

七之介が首を傾げて尋ねるのにも答えず、美都子は部屋から飛び出して行った。

しばらくして、玄関の上《あ》がり框《かまち》の方から声が聞こえた。

「え～え？　気ぃつけてな」

「わかった。美都子ちゃんは、そっち持って」

「いくわよ」

「重いさかいな」

「平気や」

「ええよ。それ、一、二の、さ〜ん。む〜ヨイショ！」

ガタンッと床に何か当たる大きな音がしたかと思ったら、店の扉が開いた。

七之介は、目を疑った。

そこには、八衛門がいた。

車椅子に乗っている。

十五年ぶりだ。（老けたな……）そう思って、「自分もか」と気付いて溜息《ためいき》を一ついた。

さらに驚いた。視線を上げると、八衛門の車椅子を押しているのは、咲子ではないか。咲子は昔と変わらず美しかった。少しも歳を取っていないような気がした。二人の顔を交互に見つめて、七之介は、「やっぱり」と思った。

突然のことで、言葉が出ない。

（何か言わなければ……）戸惑っているうちに、八衛門がしゃべった。

「おおっ七さん、久し振り！」

「あの日、一緒に救急車乗った時以来やなあ」

「あ、ああ……」

「う、うん。そうだな……」

七之介は、八衛門があまりにも気安く話し掛けてくることに戸惑いを覚えた。長い歳月は、二人の間に壁を作っているはずだ。にもかかわらず、「あの頃」と同じように親し気な口調だ。七之介は、それに戸惑い、返事さえもまともにできなかった。

しばしの沈黙が流れた。再び、口を開いたのは八衛門だった。

「と言っても、俺は気ぃ失《うしの》うて、なんも覚えとらんかったけどな。なんや、頭も打って、脳震盪《のうしんとう》おこしてたらしいんや。意識が戻ったら、この通りや」

「この通りや」と、うつむいて自分の身体を見せるそぶりをしたが、けっして暗くはなかった。いや、わざと明るく振舞っているのに違いない。

「……そ、そうか」

と返事するのが精いっぱい。八衛門の姿をまともに見ることさえできない。だが、七之介には、しなくてはならないことがあった。もし、八衛門と再会することがあったら、いの一番にしようと思っていたことだった。

七之介は、椅子からよろよろと降り、床にぺたんと座り込んだ。

「大丈夫？　七さん。まだ睡眠薬が身体に残ってるんやないの？」

美都子が心配してくれ、手を差し伸べようとするのを、左手で払いのけた。

その場で、正座をして左手をついた。

右手は、ポケットに入れたままだ。

「すまん、八さん。俺のせいで、俺のせいで……」

七之介は、車椅子の八衛門に土下座した。頭を床にこすり付けるようにして。

「今さらだけど、死んで詫《わ》びたい」

「バカヤロー！　ほんとだったら一発お見舞いしてやりたいがこの通りだ。アハハハッ、どうにもならん」

身体が動かないのに、まったく悲愴さがない。

それは、自殺を図った七之介を慮《おもんぱか》ってのことなのか。

「心配してたんよ、七さん……」

そう言い、咲子がやさしく声を掛ける。だが、七之介は咲子の顔を見ることすらできない。

「コホッ、コホッ」

その時、八衛門が急に咳《せ》き込んだ。

「あんた、大丈夫。寒うない？　風邪気味なんやから注意せんと」

と言い、車椅子の背もたれに手を差し込んで、八衛門の背中をさすった。

「ああ、なんでもない。唾が気管の方に入っただけや」

咲子は、心配そうに八衛門の顔をのぞき込んで背中をさすっている。

七之介は、二人の仲睦《むつ》まじい様子を目の当たりにして、自己嫌悪に陥った。こんなことになってさえ、まだ嫉妬している自分が嫌になった。土下座のまま、力が抜けて立ち上がることもできない。

なのに、なのに……情けないことに、一番口にしてはいけない言葉が出た。

「やっぱり、そういうことか」

「そういうことって、なんや？」

と八衛門。

「お前ら、そういうことだったんだろ。今さらだけど、おめでとう」

「やっぱり、とか、そういうことって何言うてるのよ、七さん」

「そうじゃないか！　咲ちゃんは、八さんのことが好きで」

「そうやない！」

「え⁉」

急にきつく、抗《あらが》うような咲子の声に、七之介はビクッと身体をこわばらせた。

美都子が、七之介の肩にそっと手を添え、諭すように言った。

「七さん、違うんよ。お二人は、たしかに一緒になられて京都で暮らしてはるけど、それは七さんの勘違いなんや」

「勘違い？」

「美都子さん、うちがきちんと話しする」

と言い、咲子が車椅子の手押しハンドルから手を離し前に出る。屈《かが》むと、七之介の肩を抱くようにして、丸椅子へ座らせた。七之介は、その力の強さに驚いた。

「ずっと、ずっと、七さんのこと探してたんよ。そやのに、行方《ゆくえ》不明になってしもうて。あの時、警察に面会に行った時、どうしても会っておけばよかった思うて後悔してる」

あの時、七之介は、行方をくらましていた。

リハビリを諦めて、家に引き籠《こ》もっているうちに「うつ」になってしまった。訪ねて来た咲子に、引きずられるようにして心療内科に連れて行かれた。薬を処方されたが、すぐに飲むのをやめてしまった。

眠れない日が続いた。アルコールの力を借りると、心がいっとき楽になった。それも、賑やかな店で飲むとハイになれる。毎晩のように歓楽街をはしごした。たまたま初めて入ったスナックで、酔っ払いにからまれた。いや、酔っ払いはこちらだった。ケンカになった。よく覚えていないが、相手にケガをさせてしまった。ママさんが警察に通報し、近くのお巡りさんが飛んできた。

有名人ということで、すぐにニュースになった。

幸い、相手のケガは軽かったが、身元を引き受けてくれる者がなく、留置が長引いた。両親も兄たちも、姿を見せなかった。

そんな中、咲子が来てくれた。

とても会わせられる顔などなかった。かなり長く、待っていてくれたらしい。

面会を拒んだので、やむをえず弁護士を連れて来て、手続きだけ終えて帰ったと聞いている。


その咲子が、屈んだまま、七之介の顔をのぞき込むようにして話し始めた。

「え〜え、七さん。勘違いしてはるさかい、よう聞いてな」

「……な、なんだ」

やさしく声を掛けてくれているのにもかかわらず、七之介はそっけなく答えた。

「うちな、たしかに初日の前の日、八さんからプロポーズされたんや」

七之介は、「やっぱり」と答える気力もなかった。

「そやけど、その場でお断りしたんや」

「え？」

八衛門が、その後を続けた。

「速攻でフラれてしもうたんや、ショックやったで。清水《きよみず》の舞台から飛び降りる覚悟で告白したのに。次の日は、初日やいうのに、魂が入っとらんと叱られてなぁ。あははは」

懐かしむようにおどけた口調だ。咲子が言う。

「知ってはるやろ。うちな、普通のうちの子なんや。お父ちゃんは小さい繊維会社のサラリーマンやったけど、早《はよ》うに亡《の》うなって貧乏やった。そやけどなぁ、南座で下働きのアルバイトさせてもらうようになってから、有名な人たちを目の当《ま》たりにすることがでけて、ほんま幸せやった。そやから、もし、憧れの有名な役者さんに見初《みそ》められたら、どないに幸せやろうって思うてたこともある」

八衛門が言う。

「お前も知っての通り、そんな時、俺たちが咲子に『七八座』の立ち上げを手伝《てつど》うてくれるよう頼んだんや」

「夢みたいやった、うち。憧れの二人から声掛けられて、そのうえ、一緒に舞台作れるなんて……それだけで幸せやった。でも、今から思うと、心のどこかに玉の輿《こし》に乗れるかも、なんて思うてた自分がいたのかもしれへんなぁ」

もも吉が、やさしく言う。

「咲ちゃんは、正直やなぁ」

美都子も、

「それが普通の女の子の気持ちや」

と、頷く。

「そやけどな、歌舞伎界の隅っこで働くうちに、少しずつ梨園のことがわかってきたんや。歌舞伎の役者さんはな、血筋とか家柄が大事なんやって。横車押して、周り説得して一緒になっても、結局うまくいかん。母親にも言われてた。役者さんに恋したらあかんで。人にはな、分相応、釣り合いいうもんがあるんよ、ってな。釣り合わん男はんと一緒になったら、不幸になるだけやって」

七之介は、たまらず言った。

「そんなの、いつの時代の話だよ」

「それが梨園やゆうこと、よう知ってはるやろ」

その通り。七之介は、黙るしかなかった。

「七さんを何度も、何度も探したんや。警察から出た後、どこ行ってしもうてたんや。心配で心配でたまらへんかった」

八衛門が言う。

「咲子は、お前のことが好きやったんや」

「え？」

「でも、お前たち、夫婦なんだろ」

「そうや、夫婦や。それも仲ええ夫婦や」

　照れもせず言う八衛門に、七之介は少し苛立ちを覚えた。

「あのな、七さん。うちは七さんのことが好きやった。でも、今も言うたように、一緒にはなれへんと思うてた。そやけどな、役者やめたら話は別や。舞台から降りたら、ただのお人や。七さんが右手動かんようになって、役者諦めた時、七さんに『恋してもええんやないか』って思うた。初日、舞台の袖で『一緒になってくれ』言われたこと忘れへん。その返事しよう思うて探してたんや」

「な、なんだって⁉」

　七之介は、言葉を失った。

「そやけど、うちは、八さんを見捨てることもでけへんかった。七さんは行方がわからんようになったけど、動かんのは右手だけや。左腕と、健康な身体があったら、どこにいてもなにかしら働いて食べていける。そやけど、八さんはベッドで寝た切りや。大阪のお父さん、お母さんは、さすがに病院に駆けつけてくれはった。そやけど、勘当《かんどう》した息子を家に迎え入れるわけにはいかんと言わはった。仮に勘当解かれても、年中、興行で忙しいさかい世話することなんてでけへんやろうしなぁ。

そやから、うちが看るしかない。そう思うたんや」

八衛門が、笑いながら話す。

「そうなんや、そうなんや。俺のこと好きでもなんでもないのに、七さんのことが好きなのわかってるのに世話してもらうのは、辛かったでぇ」

「あんた、何言うてるの」

「すまん、すまん」

「怒るで」

七之介は、そんな会話ができる二人は、やはり「夫婦なんだな」と思った。

「そやけどほんまのことや」

再び、咲子が続ける。

「よう『同情』が『愛情』に変わることがあるって言うやろ。うちの場合もそうやった。うちがおらんと、この人は生きていかれへん。そう思って尽くしているうちに、気ぃ付いたら惚《ほ》れてたんや。人生は不思議なもんや。つくづく思う」

七之介はショックだった。

（もし、もし、警察へ訪ねて来てくれた時、素直に咲子と会っていたら……）

できれば、聞きたくない話だった。笑顔だった八衛門が、真剣な顔つきになった。

「ええか、七さん。そういうわけや。第一なぁ、身体が動かんようになって、ショックやったのは俺も同じじゃ。何度も死のう思た」

「す、すまん……俺のせいだ。今さらだけど死んで詫びたい」

「バカヤロー！」

　突然、八衛門が大声で怒鳴った。七之介は、ビクッと震えた。

「全身麻痺《まひ》で死にたかったんは俺の方や。でも死ねん。テレビ観たで。睡眠薬飲んだそうやな。どこで手に入れたんや。お医者さんか、薬屋さんか？　俺はどっちも一人では買いにも行けん。右手はあいかわらず動かんが、リハビリのおかげで少しばかりやけど、左手だけは使えるようになってな。五年くらいしてから電動車椅子を操れるようになった。それでな、咲子と買い物に出掛けた時、交差点で咲子の目ぇ盗んでトラックに飛び込もうとしたことがあるんや」

「この人、まさかまだ死のうと思てたなんて知らへんかったから、油断してたんよ。運転手さんが早《はよ》う気付いてくれはって、轢《ひ》かれずに済んだんやけど」

「アハハハ！　あん時は大失敗やったなあ」

「あんた！」

「あかん、また叱られた」

と、八衛門はペロリと舌を出す。どう答えていいのやら。七之介は戸惑うばかりだ。もも吉も美都子も苦笑いするしかなかった。

「そんな時や、なぁもも吉お母さん」

と、八衛門がもも吉に顔を向ける。

「ああ、そうどしたなぁ」

「わざわざ、もも吉お母さんがうちまでお見舞いに来てくれてなあ。それでな……

おい、咲子、あれ出してくれ」

「はい」

そう言い、咲子が何やらカバンを探る。そして、一枚の古ぼけた木切れを取り出した。それをカウンターの上に置いた。カタッと音がした。七之介は、力なく近づいて木切れを見た。それは、自分が先日、即成院で授けてもらった通行手形と同じものだった。かなり日に当たって黄ばんではいるが……。

「訪ねて来てくれたもも吉お母さんがな、俺にこれをくれたんや」

どういうことか、七之介にはさっぱり理解できなかった。

その時だった。

もも吉が、一つ溜息をついたかと思うと、裾《すそ》の乱れを整えて座り直す。

薄いピンク色に縦縞の松葉模様の着物。白地に一輪の糸菊の柄の帯に、グリーンの帯締め。普段から姿勢がいいのに、いっそう背筋がスーッと伸びた。帯から扇を抜いたかと思うと、小膝をポンッと打った。ほんの小さな動作だったが、まるで歌舞伎役者が見得《みえ》を切るように見えた。

「七さん、あんた間違《まちご》うてます」

「え⁉」

「よう見てみなはれ」

(何を見ろと言うのだ)

「どこ、見てるんや、七さん。ここやここ」

もも吉が通行手形を指差した。

「え⁉」

先日、即成院でもらったものと同じだと思っていた手形だったが、よく見ると違っていた。

「ええか七さん、即成院の『来世極楽浄土』の通行手形を後生大事にホテルの部屋の枕元に置いてたそうやな。ポックリあの世に逝けるようにってな」

その通りだった。七之介は、この世で不幸な目に遭った分、せめて「あの世」では幸せになりたいと思ったのだった。

「あほやなぁ」

「あほ？」

「そうや、あほや。わざわざ即成院まで行って、なんで気ぃ付かんかったんや。七さんが授与してもろうたのとは別に、もう一つそっくりのお札があるんや。それが、これや」

まじまじと見た。そこには、「現世極楽浄土」と書かれていた。

「え？」

八衛門が言う。

「それ、よお見てみぃ。極楽浄土の上に『現世』と書いてあるやろ。わかるかその意味が。その前に、『願いが的へ』と書いてあるやろ。あの世やなくて、この世で極楽な人生が送れますようにと願う手形や」

七之介は、手形から眼をそむけた。

「そんなこと言っても、俺はもう舞台には立てん。現世も地獄だ。舞台に立てない俺は無能だ！　生きてる屍《しかばね》だ」

「咲子、あれ出してや」

「はい、あんた」

八衛門に促され、咲子がカバンからもう一つ分厚い紙の綴《つづ》りを取り出した。

そして、七之介の前に差し出す。

（いったいなんだと言うのだ。俺には何もできない。お前だってそうじゃないか）

「ええから、よく見ろ！」

仕方なく、その綴りに眼を向けた。

すると……。

「え？　なんだ……企画書……ミュージカル大歌舞伎？　……」

「俺がこの十年温めてきた企画や。おもろいで～」

タイトルは、「陰陽師《おんみょうじ》ウォーズ」。

「知ってるやろ、大ベストセラーや。子どもから大人まで、知らん奴はおらん。それこそ世界中のな」

もちろん、知っている。陰陽師の安倍晴明《あべのせいめい》が、宇宙を舞台に活躍するという漫画だ。アニメ映画化され、世界的な大ヒットになった。

「原作の玉野玉緒《たまのたまお》先生からな、舞台化のお許しをいただいたんや」

「え？　……でも、たしか特別な世界観だから、テレビドラマ化も映画化も実写は許可しないって話じゃないか？」

それで、雑誌連載が十年以上も続いているのに、アニメにしかなっていないことは、ファンなら誰もが知っていた。

「俺が先生んとこに通ったんや。電動車椅子に乗り始めてからな。初めは門前払いやった。それが十回目くらいの頃やったかなぁ、咲子」

「十二回目や」

「お前、よう覚えてるなぁ」

「先生の家のある東京まで、車椅子のあんたを送り迎えしたんはうちや。どないにしんどかったことか。あんたはええ、座っとるだけやさかい。あんたがトイレに行きたい言うたび、どれだけ苦労したか」

「すまんすまん」

八衛門がおどけて小さくなるふりをした。

「玉野先生がなぁ、俺たち二人のファンやったそうなんや。雲の上から二人して落ちた日の翌日のチケットを買《こ》うてたそうなんや。それでな、通された応接室で先生に言われたんや。『せっかく楽しみにしていたので、いつの日か二人の復帰を願って、チケットは払い戻ししないで今も持ってます』って、見せられてな」

「なんだって！」

「あの日のリベンジしてください。今度は、雲の上からは落ちないようにってな。許可してくださったんや」

「でも、俺たち、身体が……」

「何言うてるんや。もう俳優はでけへんかもしれん。そやけど芝居は作れるやないか。俺が脚本《ほん》書く。お前が演出せい」

七之介は、あまりにも突然のことで言葉が出なかった。

もも吉が言う。

「七さん、そんなに死にたいんか？　大丈夫や。心配せんとき。人間は、いっぺんはちゃんと死ねる。あんたもうちもや。来世で幸せになりたい思うたそうやなぁ。お坊さんの話では、ずいぶんあの世はええところらしいなぁ。そやけど、うちは、実際に行ったことないさかい、わからしまへん。行ったことないところより、『現世』を極楽にした方がええんと違いますか？」

咲子が、もも吉の言葉を受けて言う。

「もも吉お母さんのおっしゃる通りや思わへんか、七さん。今を大切に生きてみいひんか？　もう一度、うちら三人で、やってみいひんか」

八衛門は、頰《ほお》が上気していた。

「俺たちは、どうせ辛《つろ》うて苦しいんや。死ぬ気になったらなんでもできる。現世でもう一度天下取ったろうやないか」

七之介は、胸の奥から力が湧いて来る気がした。

「俺……やってみたい」

「やってくれるか！」

「ああ、やらせてくれ！」

「そうや、そうや。もも吉お母さんから電話もろうた時、出掛けに急いで買《こ》うてきたんや」

そう言い、咲子がまたまたカバンから包みを取り出した。

「なんですの？」

と、もも吉が訊く。美都子がのぞき込む。

「これや。覚えてるか？」

七之介は、思わず身を乗り出す。中から、焼き芋が出てきた。

「これな、うちのすぐ近所の『小西《こにし》いも』さんの焼き芋や。伏見稲荷《ふしみいなり》さんの辺りでは、昔から有名なんよ。ちっちゃい時からお母ちゃんがよう買《こ》うてくれてなぁ。一番の贅沢《ぜいたく》なおやつやった」

八衛門が言う。

「そうやそうや、思い出した。旗揚げ直前の徹夜続きのお稽古ん時、財布がすっからかんになって、二日もなんも食べんかった。そん時、こいつが差し入れしてくれたの三人で食べたなぁ」

七之介は、奪うようにして、焼き芋を一つ左手に取った。もも吉が、

「温めまひょか」

と言ったが、

「冷めたままでいいです。あの時もそうだった」

と断り、皮もむかず、かぶりついた。特別な甘さが売り物の新品種ではない。昔ながらの「鳴門金時《なるときんとき》」だ。冷めてもホクホクしていた。

知らず知らず涙があふれてきた。

美味しいとか、甘いとかいうのではない。懐かしい味がした。

顔を上げると、八衛門と咲子も夢中で食べていた。

「なんで、こないに美味《うま》いんやろ」

「ほんまやなぁ」

八衛門と咲子の二人も、泣いている。

食べながら、泣いている。

「なあ、七さん」

「ああ、なんだ八さん」

言う方も、答える方も、瞳は赤く潤み、口元は涙とこぼれた焼き芋でぐちゃぐちゃだ。八衛門が言う。

「俺たち、生きててよかったなぁ」

七之介は、口の中の物をグイッと飲み込んで、言った。

「うん、生きててよかった」

咲子が、七之介の右手を、ポケットから引っ張り出し、グイッと引き寄せた。今度は、八衛門の右手を掴む。二つとも、ピクリとも動かない。その二つの固くこわばってグーになっている拳を、ゆっくりゆっくりとほぐすようにして、開かせた。そして、その二つの掌を、今度はゆっくりと繋《つな》げて握手させた。

あの日、二人が雲から舞台へ落ちた時以来、初めて二人の拳が再び一つになった。

咲子が、しっかり、しっかりと結ばせてくれた。

もう二度と、離れないように。

その大きな二人の拳を、覆いかぶすように、咲子が自分の両の掌でそっとそっと、包んだ。

どこかで鐘が鳴った。

それを合図のようにして、壁に掛かる花入れの枝から、はらりはらりと一枚の紅葉《もみじ》が舞い落ちた。

熱く熱く、燃えるような赤だった。

第二話　春来たり　あんこ談義は尽きぬとも

「もう咲いてはる、咲いてはるえ」

美都子《みつこ》が、小走りに駆け寄り、桜を指差して声を上げた。

まるで幼児のように、無邪気にはしゃいでいる。

「ほんまや、ほんま、咲いてはるなぁ」

もも吉《きち》も、美都子につられてそう言った。自分でも心が弾んでいるのがよくわかる。そう口にしたものの、「おや?」と首を傾《かし》げた。

そして、思わず苦笑い。人ではない。相手は桜なのだ。植物である桜の木に、「咲いてはる」などと敬語を使うのは妙だと承知している。でも、

「さあ、いよいよ本格的な春が来ましたよ～」

と、命の息吹を感じさせる桜には、神仏が宿っている気がしてしまう。

太秦《うずまさ》は広隆寺《こうりゅうじ》の弥勒菩薩半跏思惟像《みろくぼさつはんかしいぞう》。

泉涌寺《せんにゅうじ》・楊貴妃観音堂《ようきひかんのんどう》の聖観音像《しょうかんのんぞう》。

それから、永観堂《えいかんどう》の「みかえり阿弥陀《あみだ》」と呼ばれる阿弥陀如来像《にょらいぞう》。

いずれも、やさしいお顔の仏様として知られている。手を合わせてお参りをする時、知らず知らずに、

「ああ、ええお顔してはるなぁ」

と声に出てしまう。それと同じだと、もも吉は思った。だから、桜を目の前にして少しも違和感を覚えることなく、スーッと「咲いてはる」と口に出たのだと。

もう十年以上も前のことになる。

その日、もも吉はいつものことながら、美都子に厳しく当たってしまった。

「あんた最近、お稽古《けいこ》サボッてんと違うか」

自分もお茶屋の娘として生まれ、幼い頃から芸事を学んだ。礼儀作法にはことさらうるさい母親だった。生まれながらにして、将来はお茶屋の女将《おかみ》になることを運命づけられていた。だから、同じようにして厳しく、娘の美都子を育ててきた。

「ちょっと人気があるからって、鼻が高《たこ》うなってるんやないの」

「なんやて、お母さん。そないなことない！」

それは、毎日の挨拶のようなやりとりだった。だが、たまたまお互いの腹の虫の居所が悪かったのだろう。

「あんたの踊りは、高慢なんや。『きれいでしょ、うまいでしょ』いう匂《にお》いがして鼻につくんや。もうちびっと謙虚《けんきょ》にならんとあきまへん」

「もうええ」

「なんや」

「そんならうち、もう芸妓《げいこ》やめるわ」

「そうか、やめたらよろしおす」

売り言葉に買い言葉。美都子は、本当に芸妓をやめ、タクシードライバーになってしまった。あの時、引き留めることもできたはず。いや、きっと美都子も、引き留めてほしかったに違いない。もも吉は、意地を張ったことを今も後悔している。

実は、ひそかに思うところもあった。厳しさに反発するという理由だけで、祇園《ぎおん》甲部《こうぶ》No.1の地位をそう易々《やすやす》と捨てられるものだろうか。ひょっとすると、美都子の心の内に、よほど何か特別な理由があったのではないか。よく話を聞いてやればよかった。

しかし、しかし……それも今さらである。後継者を失ったもも吉はお茶屋を閉じ、甘味処「もも吉庵《あん》」に衣替えをして今に至っている。

そんなことがあっても、母娘は母娘だ。一つ屋根の下、わだかまりを胸に秘めつつも、互いに僅《わず》かな心の距離を保ちつつ気遣い合いながら生きてきた。

芸妓をやめて飛び込んだタクシーの世界。一切、口にはしないが、人知れぬ苦労もあったろう。「咲いてはる」という言葉一つに、心やさしく成長した娘の美都子を、もも吉はあらためて愛《いと》おしいと思った。

チィッ、チィチィチィ。

メジロの鳴き声に、参拝客が空を見上げた。

平野《ひらの》神社の木々の枝を、せわしなく飛び移る。

ここは、平安遷都《せんと》とともに遷座された千二百年以上もの歴史ある社《やしろ》だ。

古くから桜の名所として知られ、その数は六十種四百本にも及ぶ。

桜は古来、生命力を高める象徴とされている。平野神社の家紋にあたる「神紋」は桜である。なんでも、多くの公家《くげ》が桜を奉納してきた歴史があるという。

この日、もも吉は朝からお茶会に出掛けることになっていた。友人である、上七軒《かみしちけん》のお茶屋の女将に招かれたのだ。

京都には五つの花街《かがい》がある。もも吉庵のある祇園甲部のほか、祇園東《ぎおんひがし》、先斗町《ぽんとちょう》、宮川町《みやがわちょう》、そして、上七軒だ。京都の花街では最も古い謂《いわ》れがあり、北野天満宮《きたのてんまんぐう》を造営した際に余った残木で、七軒の水茶屋を作ったのが起こりとされている。

祇園が、八坂《やさか》神社に参詣《さんけい》する人々のための水茶屋から発祥したのと同じように、花街と神様は深い関わりがある。そのためか、芸妓・舞妓やお茶屋の女将らは、みな信心深い。何かにつけて、あちらこちらの神仏に詣《もう》でるのが日常だ。

もも吉は、夕べ寝《やす》む前に娘の美都子に声を掛けられた。

「お母さん、明日のお茶会送って行こか。早めに出て平野神社さんの『魁桜《さきがけ》』見に行かへん？　上七軒とは目と鼻の先やさかい」

「明日はぽかぽか陽気や言うてたさかい、一気に咲くかもしれへんなぁ」

京都は早咲きから遅咲きまで、おおよそ一か月半にわたって桜が楽しめる。中でも有名なのが、「魁」という名の早咲きの桜だ。この花が咲くと、その名の通り都の花見が始まると言われている。こんな日は、何を着ていくか思案するのも楽しい。薄紫に蝶々《ちょうちょう》の柄の着物。帯にはぼたん。帯締めは藤色を選んだ。

もも吉は美都子と共に、その「魁桜」の前で「咲いてはる」と口にして、何倍も花が美しく感じられたのだった。

「あっ、宿へお客様のお迎えの時間や。かんにん、帰りは迎えに行けへんわ」

「気にせんでもええ、あんたも仕事お気張りやす」

駐車場へ向かう美都子は、ふと思い出したかのように振り向いて言った。

「そうそう、甘いもん買《こ》うて来てなー。でけたら老松《おいまつ》さんのがええ」

「老松」とは、上七軒の老舗《しにせ》和菓子屋さんだ。

「なんや、えろう高うつくタクシー代やなぁ」

「夜に一緒に食べよ」

「わかったわかった、はよ行きぃ」

もも吉は、上七軒へと足を向けた。

お茶会は、ことのほか楽しかった。幼馴染《おさななじ》みの桔梗流宗匠《ききょうりゅうそうしょう》・夢旦《むたん》が、わざわざ出向いてお茶を点《た》ててくれたからだ。夢旦には息子がいる。もも吉ですら、ドキッとするほどの二枚目だ。その息子が、この夏、桔梗流の跡目を継ぐ予定だという。そうすれば、夢旦も時間に余裕ができる。みんなで、ゆっくり温泉にでも出掛けよう、という話になった。

少し気が高揚したせいだろうか。帰り道、バス停までの道のりは、足取りが軽く感じられた。

もも吉は、北野天満宮前から市バスに乗り込んだ。

席はすべて埋まり、吊革《つりかわ》に数人。

もも吉は、乗車口近くのポールに摑《つか》まる。踊りを続けているおかげか、市バスでも電車でも立っていることは苦にならない。途中、大学生らしき男性が三人乗ってきた。二人は、トレーナーにジャンパーを肩に引っ掛けるようにして羽織《はお》っている。もう一人は、ハイネックの黒いシャツに、パーカーのフードをすっぽりと被《かぶ》る。三人とも、揃《そろ》って膝の破れかけたジーンズを穿《は》いている。

この歳になると、よほどのことでは驚かない。だが、彼らの髪の色には目が点になった。金色、青色、そしてピンク。花街で生まれ育ったもも吉には、理解しがたいものだった。古い言葉でいうなら「不良」？「やんちゃ」？……という風体《ふうてい》。君子《くんし》危《あや》うきに近寄らず。

一人が手にするスマホから、何やら騒がしい音楽が流れて来た。それに合わせて、三人は手足を激しくバタつかせて踊り始めた。ときどき「イエーッ」などと奇声も上げる。

見回すと、幾人かの乗客が眉をひそめていた。

甘味処「もも吉庵」には、悩み事を抱えた花街の人たちが相談に訪れる。もも吉は昔から、おせっかいが嫌いだった。しかし歳を取るに従って、考えが変わった。

「言うこと、思うことも言わんと死んでしまうのもなぁ〜ってなぁ。言わんことがほんまに、人のためになるんか思うてなぁ」

と、進んで助言するようになったのだ。

もも吉は、躊躇《ためらい》なく三人の方へと歩み寄って、少し大きな声で言った。

「ここは公共の場や。もう少し静かにしておくれやす」

ちょうどバスは、赤信号で停車した。

その声が聞こえたのだろう。運転手がこちらを振り向いた。車内のみなが、息を呑《の》んで注目しているのがわかった。どうやら、見て見ぬフリをしているようだ。

金色頭の若者が、もも吉を睨《にら》んだ。

「なんだよー」

「静かにて言うてますのや」

今度は、少しきつめに言う。すると、その若者が拳を握って、半歩こちらへ踏み出した。もも吉は一瞬、眼を閉じた。心臓が止まるかと思った。後悔した。少しは歳を考えなあかん、と思ったその時だった。

「シンジやめとけ」

と言う声がした。金色頭の若者の袖《そで》を、ピンク頭の若者がグイッと引いた。

「やめとけ。それに婆《ばあ》さんや」

金色頭が、「チェッ」と舌打ちした。今、後悔したばかりなのに、もも吉は、

「婆さんとは失礼やないか！」

と叱るように言った。花街では、お茶屋、屋形などの女将は、「お母さん」と呼ばれている。生涯現役。「お婆さん」などとは呼ばれたことはないし、口にしたこともない。こんな場面でさえも、ムッと腹が立ち、無意識に言葉が出てしまった。

三人とも、どう答えていいのか戸惑っている様子だ。

何か相談しているのだろうか、三人向き合ってヒソヒソ話を始めた。ホッとはしたものの、実は足がガクガクと震えて止まらなかった。怖かった。

その時である。

バス停に停車してドアが開いた。もも吉は自然に身体《からだ》が動いてしまい、バスから逃げるようにして降りた。まだ胸の鼓動が聞こえる。

(どこや？　「太子道《たいしみち》」やて。なんや不便なとこで降りてしもうた。次のバス待つんもかなわんし、ここからタクシーに乗ろう。もったいないけど、自分で蒔《ま》いた種や)

そう溜息《ためいき》をついたところに、後ろから声を掛けられた。

「あの～」

ドキッとした。

今さっきの若者たちだ。一度閉まったドアが再び開き、降りて来たのだ。

(あかん、仕返しに追いかけて来たんや)

気丈なもも吉も、さすがに身がすくんだ。

(みんなの前で恥かかしたさかい……)

ピンク頭が、唐突に言った。

「お婆さん……じゃなかった」

「え？」

「おばさん」

「……」

「さっきはありがとうございました」

「なんやの？」

「注意してくれて、ありがとうございました」

もも吉は、言葉を失い瞬《まばた》きをした。

「僕らもうすぐ大きなダンスコンテストがあるんで、夢中になってて……周りが見えなくなってしまってました。叱ってくれて感謝してます」

金色頭が、ぺこりと頭を下げた。

「すみませんでした」

あとの二人も、続いて深々と頭《こうべ》を垂れた。

もも吉は、つくづく思った。人は見かけによらんものや。「思い込み」は恐ろしい。「思い込み」で人を判断してはあかんと。（まだまだやな、うちも）。

「うちも言い方、きつかった。かんにんどすえ」

三人は、照れたように微笑《ほほえ》んだ。

もも吉は頬《ほお》を、ふんわり春風が撫《な》でていくような気がした。どこからか沈丁花《じんちょうげ》の匂いがした。

季語では「寒戻る」というらしい。

建仁寺塔頭《けんにんじたっちゅう》の一つ、満福院《まんぷくいん》の庭にいくつもの白い吐息が現れては消える。

ここの桜は、見頃には、まだ早い。だが、ハクモクレンの花はやわらかな蕾《つぼみ》を付け、日に日に膨《ふく》らんでいる。夏椿やサツキの枝も芽吹き始めた。

山科仁斎《やましなじんさい》は、早朝から三人の職人を引き連れ、庭の苔《こけ》の手入れに訪れていた。

仁斎の家は、江戸末期から続く庭師だ。家族経営で、弟子のほとんどは住み込み。神社仏閣の庭園を専門に手掛けている。

名刹《めいさつ》・古刹《こさつ》との付き合いは、一朝一夕《いっちょういっせき》になるものではない。

京都には、数多くの歴史ある寺院がある。その寺院に様々な物を納めたり、御用を務める業者がいる。仏具、法衣《ほうえ》、念珠《ねんじゅ》、料理、茶、菓子など。建築に関わることでは、畳、瓦、竹材、石材、作庭とお誂《あつら》えの分野は実に多岐にわたる。そんな出入りの業者たちで作っているのが「御用達会《ごようたしかい》」だ。よほどの大きな寺院でない限り、基本的に一業種一社。お寺の法要や祭事の際には、清掃や受付などの奉仕を行う。

その「御用達会」に入るのは、容易ではない。というよりも、至難だ。それを

「排他的」とか「閉鎖的」と呼ぶ者もいる。しかし、俗にいう「利権」ではない。損得勘定ではなく、人と人との「ご縁」を大切にする「信用」を重んじるお付き合い。永年続く仏事の歴史を、次の時代へと紡いでゆくには必要不可欠な仕組みなのである。

それは、祇園など花街のお茶屋が「一見《いちげん》さんお断り」を貫いて、結果、文化を継承してきたことと似ているのかもしれない。

仁斎の家が、ここ満福院に出入りを認められたのは、百年近くも前のこと。大正時代に遡《さかのぼ》る。これは、仁斎が今は亡き父親から聞いた話だ。仁斎の曽祖父《そうそふ》・仁恵《じんけい》は、その日、南禅寺《なんぜんじ》のさる男爵《だんしゃく》家のお屋敷の庭の手入れに出向いていた。そろそろ昼の休憩をしようかと思ったところへ、男爵の執事《しつじ》が庭の真ん中まで走って来て、

「奥様に至急連絡してください。お兄様が倒れられたそうです」

と告げた。仁恵に兄はいないが、兄のように慕っている人がいる。作庭の師匠の家に住み込みで修業した頃の兄弟子《あにでし》だ。お屋敷の電話を借りて、家にかけた。

「あんた、お兄さんが満福院さんで倒れはって、病院へ担ぎ込まれたんや」

「どないな具合なんや」

「意識が朦朧《もうろう》としてるのに、あんたの名前を何回も言うて『庭を頼む』て繰り返してはるそうや」

「そうかわかった」

兄は、苔の手入れの仕掛かり中、病院に担ぎ込まれた。仁恵は、病院へ飛んで行きたい気持ちを抑え、すぐさま満福院へ駆けた。その場を差配《さはい》できる弟子がまだ育っていないからだ。案の定、兄の弟子たちは、どうしたらいいのか戸惑うばかりで、作業が中断していた。仁恵はてきぱきと指示し、作業を続けた。

男爵家の仕事も天候に恵まれず、遅れに遅れていた。正直、他所様《よそ》の庭どころではないというのが本音だ。だが、このままでは、兄の「信用」にかかわる。それから数日の間、仁恵は寝る間も惜しんで、男爵家と満福院をせわしなく行き来し、すべての仕事をつつがなく終えることができた。

しかし、ホッとしたのも束《つか》の間……、兄が息を引き取ってしまう。看取ることもできず、悲しみに暮れた。初七日の法要の後、兄の奥さんから聞かされた。

「わしが亡《の》うなったら、うちの仕事は仁恵に引き継いでもらってくれ」

と言っていたという。子どもがおらず、後継者もまだ育っていない。しかし、庭の仕事に待ったはない。仁恵は兄の弟子たちも含めて、一切合切の寺社の仕事を引き継ぐことになった。そして、兄の奥さんの暮らしを、亡くなるまで面倒みたという。

この話を幼い頃から聞かされていた仁斎は、朝晩に仏壇のご先祖様に手を合わせるのが日課になっている。曽祖父、そして兄弟子夫婦の位牌《いはい》も、仏壇の一番手前に並べられている。

今、ここに自分があるのは、ご先祖様が何代も前から人と人との信頼関係を築きあげてきてくれたおかげ。ご先祖様への感謝を忘れないためだった。

仁斎が立ち上がり、

「お〜い、竜《た》っさん、ちょっとお茶にしようか」

と声をかけた。「竜っさん」は、仁斎の亡き父親の一番弟子だ。仁斎が修業から帰って跡を継いでから右腕として支えてくれている。その竜っさんが、遠くの若い弟子二人を呼んで、一服することになった。持参した保温ポットから、それぞれのコップに注がれたのはほうじ茶だ。最初に口を付けるのは、親方と決まっている。

「おお、芯まで温《ぬく》うなる」

竜っさんが、

「親方、どうぞお先に」

と、紙の箱を差し出す。父親が亡くなって以後、十以上も年下の仁斎を立てて「親方」と呼んでくれる。昔は、「仁坊」と呼んでいたのに。

「おっ、今日は松壽軒《しょうじゅけん》さんの『みかさ』かいな」

「へえ。昨日、ついでがあったもんやさかい、買《こ》うておきました」

京都では、どら焼きのことを「みかさ」と呼ぶ。松壽軒は、花街・宮川町近くにある老舗で、建仁寺《けんにんじ》や高台寺《こうだいじ》御用達でもある。身体を酷使する仕事をする者にとっては、「みかさ」はエネルギー補給に持ってこいなのだ。そして仁斎の大好物だ。

「う～ん、この粒あん、舌触りがたまらんなぁ」

「みんなも食べぇ」

と、竜っさんが言うと、若い弟子たちも「美味い、美味い」とむさぼるように口に詰め込んだ。ここにいるみんなが甘党だ。

「さ～て、昼飯までもう一仕事！」

と、四人が立ち上がったその時だった。参拝客専用の駐車場に続く裏門の方から、なにやら騒がしい声が聞こえてきた。その声の方を見やると、脚立《きゃたつ》や大きなカ

メラを持った男女が次々と庭に入ってくるではないか。仁斎が、

「なんやあれは？」

と問うか問わぬかのうちに、竜っさんが呼びかけるように尋ねた。

「あんたら、どちらさんや」

だが、どの者も答えようとしない。

満福院は、非公開寺だ。ときどき、市の観光課から頼まれて秘仏の特別公開を行うが、普段は檀家《だんか》さんの法要以外では人が訪れることはない。ましてや、今日から庭の手入れに入ることが決まっているのだ。

竜っさんの声にも構わず、次々と大勢の人間が庭へ入ってきた。ある者は、長い脚立。ある者は照明器具を担いでいる。どうやら、何かの撮影隊のようだ。京都の町では見慣れた風景ではある。

茫然《ぼうぜん》とする仁斎たちを尻目に、カメラや椅子を次々に庭内に設置してゆく。

「おい！　何するんや！」

竜っさんが怒鳴った。黄色いダウンを着た若い男が持つ長い棒が、松の枝にぶつかったのだ。先にはマイクが付いている。

「す、すみません」

マイクの男がペコリと頭を下げた。

庭の奥にある茶亭に続く入口に竹垣の門がある。その門に龍が這《は》うようにして真横に伸びる松は、この寺、代々の名木。その枝が、棒に当たって大きく揺れた。その勢いで、幾針か葉も下に落ちたようだ。

「枝一つ、葉っぱ一枚が命や、謝って済むか！」

竜っさんの声に驚いた赤い野球帽を被った男が、慌てて駆け寄って来た。

「す、すみません！」

相手に摑みかからんばかりの竜っさんを制して、仁斎が尋ねた。太く低く、ドスを利かせて、

「それより、あんたたち、何者や」

「すみません。わたくし、この映画の助監督の中田《なかた》と申します。何かご迷惑を……」

「映画ってなんや、わては聞いとらへんで」

「え？　……聞いてないって」

仁斎は、竜っさんの方を向く。竜っさんも小さくかぶりを振った。

「そ、そんな……」

実は仁斎、いつもなら寛容に済ませるところだが、今日に限って無意識に声を荒らげてしまったのだ。

「聞いとらへん！　撮影はさせへん‼」

その声に撮影隊一同は、凍りついたように動けなくなった。

騒ぎを聞きつけ、寺務所《じむしょ》からお坊さんが出て来た。

「おお、隠善《いんぜん》さん」

「どないされました？　親方」

満福院の副住職である。歳はまだ三十半ばだが、檀家筋の信頼が厚いと聞く。父親で住職の隠源《いんげん》は、あちらこちらに出掛けてばかり。そんな中、寺のやりくりをほとんど一人で采配している。

「どうもこうもあるかいな、見ての通りや」

隠善が、助監督だと名乗った男に話しかけた。

「ひょっとして……西宝《せいほう》映画さんですか？」

「はい……」

「たぶん、日にち勘違いしてはるんやと思いますが」

「え⁉」

それから大騒ぎになった。

スケジュール担当の助監督が、日程を間違えていたことが判明。三月二十七日を二十一日と。書類ではたしかに、「二十七日」となっている。どこでどう間違ってしまったのか。

「あほやな、子どもみたいなミスやないか！」

「今日はクランクインだっていうのに……縁起が悪い」

などと、静寂の枯山水の庭に、スタッフ同士のひそひそ話が広がってゆく。

ミスを犯した助監督は、青ざめて今にも倒れそうに見えた。

「今、プロデューサーに連絡を取ってますので……」

スマホを取り出して、「もしもし」と何度も繰り返す。

竜っさんが、誰に言うのでもなく、斜め上、空の彼方《かなた》を見上げて言った。

「間違いやとわかったら、早《は》よ退《の》いてや」

いかにも腹立ちを抑えているのがわかる口調だ。さらに助監督が縮み上がった。

「は、はい……しかし、まだプロデューサーも監督も到着しておりませんで……」

今度は仁斎が答える。

「それがどないしたいうんや。うちらには関係あらへん話や」

隠善も困り切った様子だ。

その時だった。

スタッフの人垣を掻《か》きわけるようにして、若い男が前に出てきた。

背筋を正して直立不動。

仁斎に向かってこう言った。

「わたくし、この映画に出演させていただく柏木《かしわぎ》と申します」

「なんや、それがどないしたんや」

ベージュ色の古ぼけたトレンチコートに、臙脂《えんじ》のマフラー。だぶだぶのズボンの裾《すそ》はダブルだ。まるで大昔のファッションのように見えた。

柏木と名乗った若者は、さっと被っていたソフトな中折れ帽を脱ぐと……。

「たいへん申し訳ございませんでした」

腰を九十度近く折り曲げ、頭を深々と下げる。こちらにイガグリ頭が向いた。

「お仕事のお邪魔をしてしまい、なんともお詫《わ》びの申し上げようがございません」

助監督が小さくなって、スルスルッと駆け寄り、

「賢太郎《けんたろう》君のせいじゃないから……」

と、柏木の袖口を引き、奥へ引き戻そうとした。だが、柏木は頭を下げたままだ。

「な、なんや」

仁斎は、少々たじろいでしまった。形だけではなく、心底から詫びる気持ちが伝わって来たように感じたからだ。しかし、こちらも仕事だ。譲るわけにはいかない。

「頭上げなはれ。第一、日にち間違えたんは、あんたの責任やないやろ」

すると、少し顔を上げ、

「いえ、うちら、まさかのことであたふたして、礼儀も順番も間違えてしまったようです。そやから、とにかくちゃんとお詫びせなあかんと思うたんです」

仁斎は言葉遣いから、この若者が京都人だとわかった。礼儀正しい。筋も通っている。となると、なんだかこちらが悪者みたいな気分になってしまった。

「遅くなりました、恐れ入ります」

その声の方に、スタッフ全員が注目した。

年配の二人の男が、裏門から駆けてきた。スタッフがサッと道を開けると、中を割ってこちらへやって来る。二人ともハァハァという息遣いがした。

「電話でうちの者から報告は受けております」

「あんた、誰や」

と竜っさんが尋ねる。

「申し遅れました。わたくし、西宝映画でプロデューサーをしております鈴村《すずむら》と申します」。そう言い、名刺を差し出した。「こちらは、監督の藤間《ふじま》ハジメです」

芸能に疎《うと》い仁斎も、さすがに監督の名前も顔も知っていた。時代劇映画で一世を風靡《ふうび》した名監督ではないか。仁斎は、二人の名刺を受け取った。

「もうええ、賢太郎君。ありがとうな」

プロデューサーの鈴村にそう言われて、柏木が顔を上げた。

そして、柏木の背中に手を置き囁《ささや》くように言う。

「謝るのは俺の仕事や」

「いえ、主演させてもらう以上、僕はこの映画の顔です。何が起きても、世間様からは『ああ、柏木賢太郎がなんかやらかしたんや』言われます」

（む⁉ この若者、主演俳優なのか……初めは、くすんで見えたが、何やら「華」というか「オーラ」を感じる。これが「スター」というものなのだろうか）

藤間監督が、スタッフの方を振り向き、大声で言った。

「みんな〜ええかあ〜、みんなで一緒に謝るんや」

それは、「詫びる」というような暗い雰囲気の声ではなかった。落ち込んだ周りの空気を、一気に明るくするものだった。かといって、ふざけている感じもしない。さすが、カリスマ監督だ。

「いいか、ここへ一列に整列しろ！」

そう言われると、スタッフ全員が一言もしゃべらず、列に並ぼうとした。だが、二十人近いので、一列では収まらずにやむなく二列になってしまった。

「ええか、みんな。俺に合わせて言うんや、ええな～」

「ご迷惑をおかけしてしまい……」

全員が声を合わせて復唱する。

「ご迷惑をおかけしてしまい」

「誠に申し訳ございませんでした」

「誠に申し訳ございませんでした」

一瞬早く頭を下げた、柏木と藤間監督に倣《なら》い、全員が追いかけるように腰を二つに折った。

再び、庭は静寂になった。

遠くの梅の枝で、メジロが鳴く声がした。

「さあ、引き上げるで」

藤間監督の号令の下、全員がクルリと回り、裏門の方へと歩き始める。

仁斎は、唸《うな》った。

（う～ん。こりゃ降参や。ただ謝らせて帰すんでは、もしこれが時代劇やったらわては大悪党やないか。無粋も極まるってもんや、かなわんわ）

ザワザワと帰り支度をするスタッフたちは、口々に、

「どうなるんだろう。クランクインに縁起が悪いなあ」

「それはプロデューサーさんの決めることだ」

などと言い合っている。

仁斎は、竜っさんと二人の弟子に向かって、少し大きな声で言った。

「帰るで」

「え？」

竜っさんは、一瞬、キョトンとしたかのように見えたが、若いもんに言った。

「今日はお仕舞いや、さあ、片付けるでぇ」

それを聞いて、藤間監督が振り返った。

「え？」

「今日一日だけでええんか？」

「は、はい。ワンシーンだけです、しかし……」

「くどいようやが、一日だけや」

「あ、ありがとうございます」

「気が変わらんうちに退散するで」

「ご恩にきます」

「恩なんかいらん。そこのイガグリ頭の若いもんの顔立てただけや」

それを聞いた柏木が、瞳を見開いた。そして、もう一度深くお辞儀をした。今度は何も言わず、深く深く。

仁斎が隠善に顔を向けると、隠善は微笑んでコクリと首を縦に振った。

(最近になく、ええ男や。清々《すがすが》しい言うんやろうか。それにしても、このイガグリ頭が主演する映画て、どないなもんなんやろ。ひさしく映画館なんて行ったことないなあ。若い頃は、うちの奴とよう新京極《しんきょうごく》へ見に行ってたなあ)

仁斎は、そんなことをつらつらと思いつつ、道具を片付け始めた。


もも吉が昼ごはんの支度を始めた時だった。店の扉が開く音がした。

「なんやの、これからお昼なんやけど……」

と言いかけて奥から店に顔を出すと、珍しい顔があった。庭師の山科仁斎だ。

「あら、珍しいこんな時間に。こないな真っ昼間にどないしはったん?」

こんな天気のいい日に……仕事はどうしたのか。

「もも吉お母さん、麩《ふ》もちぜんざい食べさせてぇな」

そう言い、もも吉の顔色を窺《うかが》う。もも吉庵のメニューは、その一つきりだ。

「ちびっと待っておくれやす」

そう言い、煮物の火をいったん止め、鍋であんこを温めた。最後に麩もちを落とし、軽く煮立てる。カウンターに座った仁斎に、もも吉は麩もちぜんざいを供した。

「う〜ん、美味しいなあ」

「みゃう〜」

と、おジャコちゃんが仁斎の方を向いて鳴いた。カウンターはL字に六席。その角の丸椅子にちょこんと座る。気品あふれるメスのアメリカンショートヘアーだ。

「おお、そうやったそうやった。ちゃんと持って来たで」

と、仁斎は懐をまさぐり小さなビニール袋を取り出した。

「もも吉お母さん、小皿貸してくれるか？」

「親方、強面《こわもて》やのにおジャコちゃんにはやさしいなぁ……はい、どうぞ」

その小皿に、仁斎は京都名物の「ちりめんじゃこ」をパラパラと山盛りにした。

「ちゃんと、山椒《さんしょう》の実の入ってないの買《こ》うて来たで」

おジャコちゃんは、以前、よほどお金持ちの家で飼われていたらしく、大のグルメ。ちりめんじゃこが大好物なのだ。それを知っていて、仁斎はもも吉庵を訪ねる時には、お土産を欠かさない。そこで今日は、刺激の強い山椒の実が入っていない高級なちりめんじゃこを持って来た。

「お〜よちよち、おいちいかー」

仁斎の弟子たちがこの姿を見たら、びっくりするに違いない。視線は、おジャコちゃんが食べるところに向けたまま、仁斎が、

「今日はなぁ、満福院さんで仕事のはずやったんや。苔の手入れのな」

と呟《つぶや》くように言った。

「お昼の休憩かいな」

「そやない、そやない」

そう首を振り、ついさっきの出来事を話し始めた。それは、実に面白くて、面白くて、

(どないなことになるんやろう)

と、もも吉はついつい引き込まれた。

「おもろい話やろ」

「藤間監督はんも粋やけど、その、何とかいう若い俳優さんも立派なもんやなぁ」

「そうなんや」

「まあ、そこで折れてあげはった親方も、立派やけどな」

そう言われて、仁斎は照れた様子。周りからは、気難しい男と思われているようだが、十以上も年上のもも吉からすると可愛げのある、「ええ男はん」だと思っている。だが、もも吉は、見逃さなかった。どこかいつもの仁斎と様子が違うのだ。

「それで、なんや困ってはることがあるんでっしゃろ」

「……え？」

仁斎が、ポッと口を開き、もも吉を見つめた。

「やっぱりなぁ〜、そやないかと思いましたわ」

「もも吉お母さんにはかなわんなぁ」

「それで、なんですのん」

「娘のことや」

「由紀《ゆき》ちゃんの？」

「そうや」

「ほんまキレイにならはって。この前会《お》うた時、二十五になった言うてはってなあ。お年頃や」

仁斎は、急に普段の頑《かたく》なな表情に戻ると、

「それが一大事なんや……由紀に彼氏がでけたんや」

と、吐き出すように言った。

「それはめでたいやないの」

去年の秋口だったか。「早《は》よ嫁に出さんと、修業に出してある仁太《じんた》が戻ってくるさかい」と、仁斎が言っていたのを思い出した。由紀の兄が、大阪の修業先で「いい人」を見つけ、すでに婚約しているのだという。妹とはいえ、小姑《こじゅうと》が家にいては、嫁いで来てくれる娘さんに申し訳ないと思っているらしい。

「それが、めでたくもなんともないんや」

「なんでやの?」

「なんや、今、流行《はや》りかなんか知らんが、茶髪に染めてるんや」

と、仁斎は頭を指さす。

「それだけやない。髪がこないに長《なご》うて、ピアスまでして。男か女かわからへん」

仁斎は、肩を指さし、手振り身振りで見せた。

「親方、四条通《しじょうどおり》でそんなこと言うたら、今どき問題になりますえ。第一、長い髪があかんなんて、いったい、いつの時代の話してますんや」

「そないなこと言うたかて、やっぱり男はこれで」

仁斎は五分刈りの自分の頭をクルリと撫でてみせた。

「頭のことはええ。それで、どんな男はんどす? 名前は?」

「知らん」

「京都のお人？」

「さあ」

「なんやの、それ」

「聞く暇もなかったさかい」

呆《あき》れて物も言えないもも吉だった。

「この前な、研《と》ぎに出した鋏《はさみ》を受け取りに出掛けた帰り道のことや。河原町《かわらまち》歩いてたらな、反対側の雑踏の中に由紀を見つけたんや」

「……それで」

「最初はな、女の友達と一緒や思うたんや。そやけど、よう見ると男やないか。遠く離れてても、背ぇ高いし歩き方でわかるわな」

「ひょっとして、由紀ちゃん帰って来てから、きつう問いただしたんでっしゃろ」

「当たり前やないか」

もも吉は、一つ溜息をついた。

「『あの男、誰や！』ってな。そしたら、もも吉お母さん聞いてくれるか～」

「なんやの」

「『彼氏や』て」

「ええことあるかいな。それだけやないんや。『お父ちゃん、報告が後先になったけど、プロポーズされたさかい、今度の日曜に家《うち》に連れてくるつもりやったんや』って」

「ええやないの」

「ええやないか」

「ええわけないやろ、あんな長髪野郎。カーッとなって言うてやったんや」

「なんて」

「『お前は男見る目がないんや』って」

「あ〜あ、昌代《まさよ》さんが聞いたら怒られるえ」

昌代とは、亡くなった仁斎の奥さんの名前だ。

「そないしたら、あいつも誰に似たのか短気でな。『そりゃお母さんの血ぃ引いてるもん』って言うて部屋に籠《こ》もってしもうて」

「それは由紀ちゃん、うまいこと言わはったなぁ」

もも吉は、思わず声を上げて笑ってしまった。その場に居合わせたかったものだと思った。さすがに笑い過ぎかと思い手で口をふさいだが、おかしくてたまらない。

「なんや、同情してくれる思うたのに……」

「ほんで、仕事は何してはる人なん？」

「そうそう、モデルなんやそうや」

もも吉も女だ。モデルと聞いて、興味が湧いてきた。

「ええなぁモデルさんかいな。会《お》うてみたいなぁ」

「なに言うてるんや、モデルやで。そんなチャラチャラした奴に由紀はやれん！」

「なんやのそれ。日曜日に会うんでっしゃろ」

「誰が会うか！　あんな茶髪ヤロー」

「まだ言うてはる」

「男は五分刈りや。わては野球やってた子どもの頃から、ずっとや！」

そう言い、またまた頭をグルリと撫でて見せる。

もも吉は、ちょっと思案して、仁斎に言った。

「うちは恋の話は苦手やけど、親方の悩み事には、ちょっと考えてることがあります」

「え……考えやて⁉」

「あのな、今度の土曜日十時くらいに、もういっぺんここに来られまへんか？」

仁斎は、訝《いぶか》し気にもも吉を見た。

「なんや」

「美味しいあんこが手に入るさかいに、新作のぜんざい作ろう思うてなぁ」

「あんこやて？ それがどない……」

と言いかけて、仁斎は、

「わかった、あんこ言われたら弱いわ。ちょっと寄らせてもらおうかな」

と答えた。もも吉は、にこりと微笑んだ。


土曜日。

仁斎は、いつもと同じ時間に、目覚ましもなく起きた。

瞳を開けた瞬間、また娘の彼氏のことで心の中にモヤモヤが募ってきた。

いったいもも吉は、何を考えているのだろう。

妻の昌代が亡くなって、もう十二年も経つ。中学、高校と多感な時期、どう由紀に接したらいいのか不安でたまらなかった。しかし、心配無用だった。学校のこと、部活のこと、友達のこと。何でも話してくれた。大学受験の時には一緒に、天神さんなどいくつもの合格にご利益《りやく》のある神社仏閣にお参りに行ったものだ。

世間では、年頃の娘は父親の洗濯物を「臭《くさ》い」と言い別に洗うと聞く。パンツなど下着は箸で摘《つま》んで洗濯機に入れるなどという話さえ、耳にしたことがある。でも由紀は、父親の洗濯物を嫌がるどころか、住み込みの弟子たちの下着も全部、洗ってくれている。

なんとも、いい娘に育ってくれた。昌代に見せてやりたい。なのに……ここへ来て、隠し事をしていようとは。それも、あんな風体の輩《やから》と付き合っていたなんて……。ショックなのと同時に、がっかりしてしまった。

毎朝夕、仏壇に手を合わせて昌代に話しかける。

「由紀のやつ、騙《だま》されてるんや。悪い奴に間違いない。どないしたらええんや。やっぱり、男親だけではダメやったんやろうか」

チーン、チーン！

あの世の昌代に聞こえるようにと、おりんを大きめに鳴らす。

悲しいかな答えてはくれない。

もう一度、チーンと鳴らして手を合わせた。

もも吉が、土曜日の朝十時と言うので、返事を一瞬ためらった。

仁斎は、三百六十五日、ほとんど仕事を休んだことがない。もちろん、週休二日。弟子たちにはきちんと休みを与えている。だが、庭は生き物だ。一日置いても、木々の芽は膨らみ変容してゆくし、日々、苔の具合が気になって仕方がない。

仁斎は、休みの日でも、出入りの寺社へふらりと立ち寄り、土や葉に触れるようにしている。

（まあ、お屋敷には昼から顔を出そう）

仁斎は、もも吉の誘いに首を傾げつつも、もも吉庵へと向かった。

格子戸を開けると、転々と連なる飛び石が「こちらへ」と言うように人を招く。石の一つひとつは、雨も降らぬのに、しっとりと濡れて光っている。何度訪ねても、この設《しつら》えには惚《ほ》れ惚れする。ついつい、庭師の眼で見てしまうのだ。

上《あ》がり框《かまち》で靴を脱ごうとすると、店の中から賑やかな声がした。

それも、大勢のようだ。扉を開けると、いきなり大声で呼ばれた。

「なんやなんや、親方、待ちくたびれたでぇ」

声の主は満福院住職の隠源だった。副住職の隠善と、もも吉の娘の美都子もいる。

「あんたが早よ来過ぎただけやないか」

そう言うもも吉に、隠善が、

「そうなんです、もも吉お母さん。朝から『ぜんざいぜんざい』言うて、うるそうてかないませんでしたわ」

と困り顔。そんなことはおかまいなしに隠源が催促する。

「ばあさん、早よ作ってぇなー麩もちぜんざい」

「誰がばあさんやて」

「世間では、ばあさん言うんや。ず～っと祇園で暮らしてるさかい、正しい国語がわからんようになってるだけや」

「ようわかった。じいさんだけ無しや」

「そ、そんな殺生《せっしょう》なぁ」

隠源が、カウンターに大袈裟《おおげさ》に突っ伏す。この二人の話は、いつも漫才のようだ。

仁斎は、改めて「おや？」と思った。見慣れぬ若いカップルが座っている。隠源とも吉の会話を聞いて、笑いを堪《こら》えている様子。美都子が、説明する。

「この娘はな、大和大路《やまとおおじ》の吉田甘夏堂《よしだあまなつどう》の令奈《れいな》ちゃん。高校生や」

「はじめまして」

にっこり笑って会釈《えしゃく》した。

「こんにちは。わては庭師やってる山科いいます」

「それで、こっちが令奈ちゃんの彼氏の巌夫《いわお》君や」

「そ、そうか、彼氏か。こんにちは」

仁斎は、どう答えていいのか戸惑ってしまった。気の利いた受け答えができない。もも吉庵に、こんな若者が来るのはなんだか場違いのような気がした。それも、もも吉や美都子らとも親しい間柄に見受けられる。

もも吉が、事情を話してくれた。

「うちのぜんざいのあんこはなぁ、令奈ちゃんの店から仕入れてるんや。いつも令奈ちゃんが配達してくれるさかい、娘みたいに可愛がってるんや」

「娘やないやろ、孫の間違いやないか」

「あんたは黙っとき」

茶々を入れる隠源を、もも吉がキッと睨む。令奈が、ずっと以前から知り合いだったかのように親しげに話を始めた。

「うちら、もも吉お母さんのおかげで付き合うようになったんです。キューピッドいうんかな。通学の電車ん中で、カッコエエなぁ思うてた人がいて、背中押してくれたんがもも吉お母さんなんです」

「え？」

仁斎は思わぬ話に驚いた。もも吉が密かに花街の人々の相談に乗っていることは、知っている。しかし、まさか若者の恋愛にまで……。今度は巌夫という若者が言う。

「僕もそうなんです。電車の中で、もも吉お母さんに須賀《すが》神社の恋の叶うお守りをもらったんです。そしたら、突然、願いが叶ってしまって」

仁斎はどういう経緯《いきさつ》かさっぱり理解できなかったが、もも吉のご利益が絶大であることは理解できた。

「彼、たくましいでしょ。うち、〝がたい〟がええ人が好きなん」

ジェネレーションギャップというのだろうか。人前で、男性のことを「好き」と口にすることに驚いた。でも、なぜか嫌な感じがしない。それより爽やかささえ覚える。仁斎は、令奈の好きになった彼氏のことが、もっと知りたくなった。

「巌夫君は、坊主頭やけど、野球やってはるんか？」

「いえ、僕はラグビーやってます」

「なんや……ラグビーかいな」

もも吉が、

「なんやはないやろ。ラグビー、かっこええやないの」

と叱るように言った。

「う、うん、かんにんや。見たことないさかいルールもわからへんのや」

美都子が慰める。

「親方は、大の野球好きやから。甲子園目指してたって聞いたことあるわ」

「へぇー、そうなんですか。聞かせてください」

と、巌夫に素直な口ぶりで尋ねられた。実に好感の持てる青年だ。

「目指してたんは本当やけど、三年生んとき、準々決勝で負けてしもうて」

「京都《ここ》は強豪揃いやから、ベスト8《エイト》なんてすごいです」

「そ、そうか……」

こんな若者相手に自慢話なんて恥ずかしい。だが、褒められて仁斎は上気した。

「ラグビーって、頭坊主にせなあかんのか？」

「いいえ、僕だけです。みんな普通、というか、けっこう長い奴もいます」

「なんで君だけ？」

仁斎は、娘の彼氏の「長髪」のことが、どうしても頭から離れないのだった。

「父が、昔っから『高校卒業するまでは坊主や』って決めてかかるものやから」

と言いつつも、自分の髪型を気に入っている様子で堂々としている。

「お父さん、何してはるんや？」

「はい、大工をしてます」

「大工って？」

「東福寺《とうふくじ》の近くで、本間《ほんま》工務店いうんをやってます」

「な、なんやてぇ。君は本間巌一《げんいち》さんの息子さんかいな」

「父をご存じなんですか？」

「知ってるどころやない、一緒に仕事させてもろうてる。一流の宮大工やで」

「これは失礼しました。父がお世話になっております」

巌夫が拳を膝に揃えて置き、少し深く頭を下げた。仁斎はうらやましかった。由紀も、こんな青年と恋をしてくれたなら、どんなにいいか。

そこで隠源が、両手をパッと広げて差し出して、

「恋の話も、野球の話も、もうええやろ。頼むからぜんざい食べさせてぇなぁ」

と訴えた。

「わかった、わかった。そしたら作りまひょ。美都子、ちょっと手伝《てつど》うてぇな」

「はい、お母さん」

ようやくもも吉は腰を上げ、奥の間へと入って行った。

「わあ～桜のええ香りがするわ～」

おのおのの前に、清水焼《きよみずやき》の茶碗が置かれた。いずれも、ふたが付いている。隠源が、誰よりも先にふたを開けた。

店の中に、ふわぁと春の匂いが漂った。

「ぜんざいに、塩漬けした桜の葉っぱが載ってるでぇ」

続けて、美都子も隠善も、令奈も巌夫もふたを開ける。

「ええ匂いや」

「ほんまや」

温められて茶碗の中に詰まっていた匂いが、一気に立ち込めたのだ。葉っぱを避《よ》けると、ぜんざいの上に、桜の花の塩漬けが一つ。

「うーん、たまらん。おっ、麩もちも桜色やないか」

と、隠源。令奈も夢中で頬張る。

「麩もちもやわらこうて、美味しいわぁ。ねぇ巌夫君」

「うん」

誰もが笑顔になった。

いや、仁斎だけが、ふたを取ったものの、箸を付けずにいた。黙々と、掻き込むようにして食べていた隠源がそれに気づき、

「親方、どないしたんや」

そう訊かれ、仁斎は不満げに言った。

「お母さん、これイケズかいな？　わしがこしあん嫌いって知ってて……」

隠源が言う。

「こしあんやて？　妙なこと言うなぁ。いつもの粒あんやで」

と、自分の食べかけの茶碗を仁斎に見せる。

「僕のもです」と隠善。

「どうも、わしだけ、こしあんみたいなんや」

　みんなも粒あんらしい。仁斎は、もも吉に問いただす。

「なんでや、もも吉お母さん。わしが粒あんしか食べへんこと知ってるやないか？」

「そうなんか親方」

　隠源が驚いた。

「わしは、物ごころついた時から粒あんしか食べたことがないんや。もちろん、おしるこなんて喉も通らへん」

　隠源が頷《うなず》きつつ言った。

「わかるで、わかる。気が合うなあ。わても粒あん派なんや」

　それを受けて、令奈の顔が綻《ほころ》ぶ。

「うちの店、和菓子作ってるでしょ。店番してると、お客さんに、まいどまいど訊かれるんです。このお饅頭《まんじゅう》は粒あんどすか？　こしあんどすか？　って。こだわりが強い人が多いみたいです。たかがあんこ、されどあんこ。面白いですね」

　美都子も前のめりになって言う。

「うちは、こしあん派や。麩嘉《ふうか》さんの麩まんじゅうのこしあんは最高やね」

　隠善が、美都子に気を合わせるような口調で話す。

「僕も、こしあんが好きや。なんと言っても、亀屋良長《かめやよしなが》さんの烏羽玉《うばたま》やなぁ。黒糖のコクの深いあんこが絶品やさかい。何より、薄〜い寒天で包んであるだけで、ほとんどこしあんのカタマリや」

瞳を見開いて、隠源が口をはさむ。

「たしかに烏羽玉はええでぇ。そやけど上品すぎるんがわてには苦手や。粒あんなら、中村軒《なかむらけん》の麦代餅《むぎてもち》やろ。知ってるか？　あんこを薪《まき》で炊《た》いてるんやそうや。薪でしかできひん微妙な味わいいうんやろうなぁ。いくつでもいけるわ」

もも吉もあんこ談義に参戦する。

「あんこ言うたら、おはぎも忘れてはあきまへんえ。で、おはぎ言うたら『今西《いまにし》軒《けん》』ですやろ。粒あん、こしあん、きなこ、うちはぜ〜んぶ好きやわ」

「なんや、どれでもええんかいな。ばあさんは節操《せっそう》ないなぁ」

「なんやて！」

もも吉が、隠源に拳を上げるフリをした。令奈が言う。

「ええですねぇ、あんこの話になると尽きませんねぇ。平和やわぁ」

「ほんまや」

と、美都子。一番若い女の子の口から「平和」という言葉が出たことで、店内はほっこりとした空気に包まれた。だが……仁斎一人だけ取り残されたような気分

で、憮然《ぶぜん》としていた。もも吉が、溜息を一つつく。呆れた顔つきで、

「親方、このぜんざいのあんこなぁ、令奈ちゃんが持って来てくれはったんや。うちのぜんざいは知っての通り、いつもは粒々が入ってる。そやけど、今日は特別に甘夏堂さんに頼んで、ぜんざいに合うこしあんを拵《こしら》えてもろうたんや」

「お、おお……そうなんか」

「親方は、いつからこしあん食べへんようになったんどす？」

「それがようわからへんのや。ただ、子どもん時からや。口ん中で粒々の舌触りがせんと食べてる気がせぇへんのや。おしるこなんて、なんや男らしない言うか」

「ええから、食べてみなはれ」

「令奈ちゃんが」「特別に」……などと言われると、意地を張るのも無粋だ。仁斎は仕方なく箸を取った。茶碗を口に近づける。もうほとんど冷めてしまっている。

「ふぅ」と声にもならない息を吐き、一口する。

「え？」

思わず顔が綻んだ。

（なんや、美味《うま》いやないか）

だが、ばつが悪くて美味そうな顔をするわけにもいかない。もう一口、さらにもう一口。汁をたっぷりと纏《まと》わりつかせた麩もちも頬張った。もも吉が尋ねる。

「どないどした？」

「う、うん……まあ食えんことはないな」

と答えつつも知らぬ間に相好《そうごう》を崩していた。そして……。

「おかわりあるか？」

「いくらでも」

箸を置き、仁斎は腕組みをした。なぜこんなに、美味いのか。自分は、おしるこなんて苦手なはずだったのに……。正直な胸の内を白状する。

「悔しいけど……美味いわ。なんでやろう。お饅頭も粒あんしか食べたことないんや。記憶の限りではもう……五十年、いや五十五年になるか」

「損しましたなぁ」

「ほんまや」

食べ終えた茶碗を見つめてボーッとしていると、もも吉が仁斎の方に向き直って座った。裾の乱れを整え、一つ溜息をつく。普段から姿勢がいいのに、いっそう背筋がスーッと伸びた。帯から扇を抜いたかと思うと、小膝をポンッと打った。ほんの小さな動作だったが、まるで歌舞伎《かぶき》役者が見得《みえ》を切るように見えた。

「仁斎はん、あんた間違《まちご》うてます」

「え？」

「それを思い込み言うんやないでっしゃろか」

「そ、そうやなぁ〜思い込みや。わしの人生なんやったんやろ、いう感じや」

もも吉は、もう穏やかな顔つきに戻っている。

「今日はええこと教えてもろうた。おおきにもも吉お母さん。またぜんざい……やのうて、おしるこ食べに寄らせてな」

そう言い、仁斎は藍染《あいぞめ》の半纏《はんてん》に懐手《ふところで》で勇んで外へ出た。

花冷えの曇り空ではあったが、仁斎はなにかしら心に火が灯《とも》ったような気がした。


とうとう日曜日が来てしまった。

仁斎は、とにかく、相手の男に会ってやろうと決めた。由紀は大喜びで、駅まで迎えに行った。結婚を認めてもらったのだと、勝手に思い込んでいる様子だ。もも吉に諭されはしたものの、仁斎は刻々とその時間が近づくに従い、またまた心に灰色の霞《かすみ》がかかるのを覚えた。

待ちきれず、仏壇の前に座る。

手を合わせて、妻の昌代に相談する。

(どないしたらええんや……モデルはあかんやろモデルは、なあお前)

もちろん、答えてくれるはずもない。

(会うだけ会う。それだけや)

そう思いつつも、勝手に頭の中では妄想が膨らむ。

よくあるドラマのワシンーン。訪ねて来た娘の彼氏が、座敷机の前で急に座布団から降りて頭を下げる。

「お父さん、お嬢さんと結婚させてください」

すると、決まってこう怒鳴る。

「君にお父さんと言われる筋合いはない!」

(よし、この手でいこう。筋だけ通して世間話して、「許さん」と言えばええ。茶髪、ピアスいうだけで会わんのは男として卑怯《ひきょう》やさかいな)

「思い込み」はあかん。頭ではわかった。だが、心では認めるわけにはいかないと思っている。悶々《もんもん》として待っていると玄関の戸が開く音がした。

「お父さ〜ん、ただいま。連れて来たわよ〜」

(来た! 飛んで行くのもおかしいわな)

仁斎は唇をへの字にして威厳を作り、のそりのそりと玄関へ向かう。

由紀の後ろに長身の青年がいた。

玄関の外に立っている。

（む……誰や？　……）

それは街角でチラリと見かけた人物とは違っていた。

「え⁉」

言葉にならない言葉を漏らした。と同時に、青年も、

「あっ！」と言った。

お互いが顔を見つめ合い沈黙した。先に、仁斎が問うた。

「この前……」

「……お寺で」

由紀がキョトンとして、二人の顔を交互に見やった。

「なんやの？　どういうことやの」

「それはわてが聞きたい」

「あらためまして。柏木賢太郎と申します。本日はお忙しいのにもかかわらず、お時間を賜《たまわ》りましてありがとうございます」

玄関に入る前に脱いでいたコートとマフラーを手にし、深く頭を下げた。紺のスーツに赤いネクタイ。仁斎の視線は柏木の頭に釘付けになった。

「その頭、町で見かけた時は……」

柏木が少し照れた表情で答えた。

「ついこの前までは茶色に染めておりました。由紀さんから伺っておりました。『うちの父親は長髪が苦手なんや』って。そやけど、けっして気に入られようとして短くしてきたわけやありません」

「ひょっとして……」

「はい、映画の出演が決まって、クランクイン直前に役作りのために切りました。実は、その前のロングの髪型もモデルの仕事のためです。まだ駆け出しなので、事務所の社長さんの言うことを聞かないといけなくて」

由紀が言う。

「賢太郎さん、高校までは丸坊主やったんやて」

「……丸坊主？　なんでや」

「はい、野球をやっておりました」

「野球やて？」

仁斎は知らず知らず頬が緩んだ。

「……というより、野球しかやってませんでしたが」

と恥ずかしげに微笑む。

「彼は甲子園に出たことあるんよ」

「な、なんやて‼　こ、こ、甲子園やて？　どこの県や」

「京都の平和学園です」

「め、名門やないか！」

由紀が自慢げに、

「四番でピッチャーやったんよ」

「いえ、情けないです。四番なのに一本もヒットを打てずに一回戦で敗退してしまって。私の隠したい過去です」

仁斎は、いきなりカウンターパンチを浴びせられた気分だった。

「そうか……。そやけど、甲子園出ただけで大したもんや」

（相手の男の味方をするなんて、わてはどないしてしもうたいうんや）

「いざ、いう時に打てへんのは鍛錬《たんれん》が足りんからやと、父によう叱られました」

「お父さんは、何してる人なんや？」

「お坊さんをしております」

「坊《ぼん》さんて、家がお寺なんか？」

仁斎は、何やら引き込まれるように尋ねた。

「いえ、仁和寺《にんなじ》でお務めしております」

「仁和寺やて？」

仁和寺は、京都を代表する寺院。宇多《うだ》天皇が開基した皇室ゆかりの名刹《めいさつ》である。

「はい」

「ちょっと待て……柏木って、まさか柏木僧正《そうじょう》の？」

「あっ、父をご存じでしたか」

「知るも知らんも……偉い方やがな……そのご子息かいな」

「偉い……らしいですが、父は関係ありません」

「そ、そうやな、君は君や……」

仁斎は、心の中で反芻《はんすう》した。

（あかん、また心が曇ってしもうとる。父親の肩書で「思い込み」してはあかんで）

「お父さん、いつまで玄関に立たせたままにしておくのよ」

そう言われて、ハッとした。

「ああ、申し訳ない」

戸惑いつつも仁斎は、「まあ、上がりなさい」と座敷へと促した。一礼して敷居を跨《また》ぎ、靴を脱ぐと丁寧に揃え直した。上がり端《ばな》、柏木が真顔で言う。

「お願いがございます」

「な、なんや」

仁斎はドキッとした。

（まさか⁉　もうかいな。段取りと違うやないか。いきなり、あのセリフを……）

「ご仏壇にお参りさせていただいてもよろしいでしょうか」

「え？」

「来月の連休に、お母様の十三回忌の法要があると伺いまして」

意外な申し出だが、拒む理由もない。仁斎が仏間へ通すと、柏木は居住まいを正し、座布団を退けて仏壇に向かって正座した。そして手土産を供えた。

蠟燭《ろうそく》に火を灯し線香を立てる。

その手つきは慣れた感じがした。

神妙な顔つきで手を合わせる。

長い。

まだ眼をつむっている。

なかなかやめようとしない。

仁斎は、ここまでほんの五分ほどのことに感心しきっていた。玄関の戸を開ける前に、コートを脱いでいたこと。靴を揃えたこと。そして、仏壇へのお参り。

（さすがわしの娘や。男を見る目がある。こないな礼儀正しい若者、最近見たことないで……なんやなんや、あかんで、こいつに魅《ひ》かれてしもうたで）

隣の部屋に移動し、座敷机をはさんで向かい合った。

由紀が、明るく振舞いつつも、神妙な顔つきで口を開いた。

「お父さん……」

「あかん」

「え⁉ なんも言うてないやないの‼」

「あかんもんは、あかん。結婚は許さへんで」

先制攻撃に、由紀がいきり立った。

「なんでやの？ まだ賢太郎君のこと、なんも知らへんでしょ」

「ようわかったさかい、言うてるんや」

「どういうことよ？」

柏木は、仁斎をまんじりともせず見つめている。

「釣り合いがとれへん」

「つ、釣り合いて、どういうことよ」

「柏木君と一緒になりたかったら、お前ももっと心の修業をせなあかん」

柏木が、クスリと笑った。そして、言った。

「お父さんが許してくださるまで、待たせていただきます」

「うん、そないしよか」

「なんやの、それ。二人ともうちのことバカにして」

由紀が口を尖《とが》らせた。仁斎は、先ほどから気になっていたことを口にした。

「柏木君。お供えのお菓子、おおきに」

「いえ、どういたしまして」

菓匠「吉鳳亀広《きちほうかめひろ》」の包みだ。

「ひょっとして、菱最中《ひしもなか》かいな」

「はい」

仁斎の大好物だ。菱形で、その真ん中が仕切られている。そして中に、「こしあん」と「粒あん」が半分ずつ詰められている。「粒あん」の部分だけを食べ、後は残してしまうため、よく妻に叱られたものだった。

仁斎は早く封を開けて、この男と一緒に食べたくなった。

「おい、由紀。お茶を淹《い》れてくれ」

「はい」

「いただいたお菓子、開けて一緒に食べてくれるやろか？」

「もちろんです」

と、柏木が頷く。

「ところで、柏木君」

「はい」

「こしあんと、粒あんと、どっちが好きや？」

柏木が間髪入れず答えた。

「私は、絶対こしあんです。子どもの頃、この菱最中のこしあんの方だけ食べて、半分残したんで、よく母に叱られました」

「あはは……そうかそうか！」

「今も、粒あんは苦手で食べません」

「そやけど柏木君。それは『思い込み』いうもんやで。思い込みは、ようない」

「ですが……」

仁斎は言った。自分のことは棚に上げて。

「今日は、粒あんも食べなさい。騙されたと思うて。きっとええことあるさかい」

柏木の困り顔を見て、仁斎はにやりとした。

第三話　桔梗《ききょう》の揺れて茶会のにわか雨

若王子美沙《わかおうじみさ》は、ウキウキしていた。

「おいでやす」

店頭で、お客様をお迎えする声も、自然と大きくなる。

知らず知らず、いつも以上に身の動きが軽い。仕事のモットーは、「笑顔でテキパキ」。そして、「能率効率」だ。それに拍車がかかった。

若王子は、四条通《しじょうどおり》に面する風神堂《ふうじんどう》「南座前店《みなみざまえ》」で副店長を務めている。

京都では、軽々しく「老舗《しにせ》」と口にできないという。なにしろ、千二百年の古都だ。「老舗ですねぇ」と褒めたつもりでも、「やめておくれやす。恥ずかしいわぁ。うちは維新になってからやさかいに」などと迷惑がられてしまう。

そんな中、風神堂は堂々とした老舗だ。

安土桃山《あづちももやま》時代創業の和菓子店。

それも、ただの和菓子屋ではない。銘菓「風神雷神《ふうじんらいじん》」は進物の高級ブランドとして知られ、大手百貨店にも出店している。さらに、東京の銀座店に併設のカフェはセレブ御用達《ごようたし》だ。

つい先日のこと。若王子は、たまたま用事で本社へ顔を出した時、同期で人事部の岡田裕子《おかだゆうこ》に呼び止められた。

「若ちゃん、若ちゃん、ちょっと」

「なんやの、裕子」

「ここではあかん……トイレ行こか」

トイレの化粧台の前で、

「内緒やで」

と言う。

「もったいぶらんと早《は》よ言い。急いでお店に戻らんとあかんのや」

「若ちゃんな、次の人事異動で店長候補に名前が挙がっとるで」

「え？……そんなん嘘《うそ》や」

「嘘やないて。偶然、部長の書類見てしもうたんや」

「ほ、ほんま⁉」

にわかには信じられなかった。若王子は、二十年前、高校を卒業して風神堂に入社した。父親を早くに病気で亡くし、母親がうどん屋の店員とお惣菜工場を掛け持ちで働いて育ててくれた。成績はよい方だったのだが、母親を、少しでも楽させたいという思いから、大学進学は諦めた。

就職した時から昇進を望んではいなかった。正社員の八割は男性。さらに、高卒はほんの一握りだったからだ。しかし、生来の負けん気と努力が実り、副店長を任された時には嬉しかった。それも南座前店は、本社の一階にある風神堂本店の次に大きな規模だ。店長は本部の営業部次長が兼任しており、店内のことは副店長が実質的に取り仕切っている。

「いつか店長になりたい」

そう思って努力してきた。その夢が叶うかもしれない。

副店長になった時、アルバイトの人も含めて部下に徹底したことがある。

「テキパキと仕事するようにな。うちのお店は、団体の観光のお客様や修学旅行生が多いから、もたもたしてたら間に合わへん」

着任した頃、「急いでるんだ！　もういい」と怒って帰られてしまうお客様がいたと聞いていた。モットーの「笑顔でテキパキ」をみんなにも徹底させた。

そのおかげで、クレームも少なくなり売上も伸びた。

若王子は、そう思うと嬉しくてたまらなかった。

「いややわぁ、うちが店長なんて務まるはずがないやないの」

そう言いつつも、頬《ほお》が綻《ほころ》ぶ。

「きっと、その実績が認められたのよ。若ちゃんならでけるって」

裕子は大卒採用で、もう本社の課長に出世している。ずっと仲良しで、本心から喜んでくれているのがわかった。

「やめてよー」

とはいうものの若王子は、心の中で、「よーし」とガッツポーズを取っていた。帰り道、四条大橋を渡る足取りも軽い。思わず、スキップを踏みたくなった。

そんな、先日の裕子とのやり取りを思い返し、

「よし！　午後もやるでぇ!!」

そう声に出した瞬間、ふと不安がよぎった。またあの「困ったちゃん」こと斉藤《さいとう》朱音《あかね》が、今日、明日と二日間、本社から派遣されて来ていることを思い出したからだ。

斉藤朱音は、現場研修の後、いきなり社長秘書になった。入社早々の大抜擢《だいばってき》。社内では社長のコネ入社か、どこかのご令嬢かと噂《うわさ》された。研修中、工場ラインやら店頭接客で、次から次へとトラブルを起こし、やっかい者と言われていたにもかかわらずだったからだ。だが、秘書になっても役に立たないらしい。裕子からの情報

では、失敗の連続とのこと。鴨川《かもがわ》のほとりで、泣いているのを見かけた者もいると言う。

その朱音は、何度か南座前店にも応援で派遣されて来た。風神堂では、花見や紅葉、それに祇園祭《ぎおんまつり》などの繁忙時になると、市内の各店舗へ本社から応援部隊を派遣する。総務部、広報部など間接部門の人たちが、お手伝いに行くのだ。

現場は、「猫の手も借りたい」ところ。期待して待っていたのに……。とにかく、動作がのろい。もたもたして、商品の包装すらままならない。混雑している中で、お客様と長々と世間話を始めてしまう。店長と相談し、奥に引っ込めた。いわゆる「お荷物」なのだ。大学生アルバイトの二階堂《にかいどう》の方が、よほど仕事を能率よくこなし、使える。

その後、またまた朱音についての噂が流れて来た。大きな仕事の契約を取って来たというのだ。なんでも、有名な華道のお家元の、記念行事の引き出物らしい。やはり、ご令嬢で父親か何かの紹介で入社したのだろうか。しかし、人事の裕子に探ってもらったが、ごく普通の家庭の子らしい。

(あの娘《こ》がそんな契約を取れるわけがない。デマに決まっている)

若王子は、そう確信していた。

その朱音が、また「応援」にやって来るというのだ。

「はぁ」と溜息《ためいき》をつき、眉をひそめた。

（うちの昇進がかかってるゆう大事な時に、何でまたあの娘が来るんや）

朱音は、何もしなくていい。近くの喫茶店でお茶でも飲んでいてもらいたいと本気で考えた。


先週――。

「気象庁は、近畿地方が今日、梅雨入《つゆい》りしたものとみられると発表しました」

と、テレビでお天気お姉さんが告げていた。しかし、二、三日ぐずついたが、その後は晴天が続いている。空梅雨《からつゆ》なのだろうか。それとも、気象予報がはずれただけなのか。

「ええお天気でよかったわ～」

「ほんまやな、美都子《みつこ》姉ちゃん」

「さすが廬山寺《ろざんじ》さんの桔梗《ききょう》は見事やねぇ」

「うん、ずっと眺めてても、飽きひん」

拝観者はみな、スマホを片手に写真を撮っている。

「夢遊《むゆう》はんは、撮らへんのやなぁ」

夢遊は、小さくかぶりを振った。

「僕はええんや、心のスクリーンに焼き付けてるさかい」

「カッコええなあ。そのへんの男はんが言うたらキザに聞こえるセリフやのに」

「なんでもかんでも、写真撮るんは性《しょう》に合わへんだけや。まあ、若い子らには『年寄りみたいや』よう言われるけどなぁ」

「そやなぁ、どこへ行くんも着物に草履《ぞうり》やしな。そやけど、二枚目で雑誌のモデルさんみたいにシュッと背ぇ高いさかい、モテモテやないの？」

明智《あけち》夢遊は、茶道「桔梗流《きちこう》」家元の嫡男《ちゃくなん》に生まれた。古今集の和歌や俳句の季語でそう呼ばれてきたように、「桔梗」は「きちこう」と発音する。

明智光秀《みつひで》の流れを汲《く》む一族で、その家紋「水色桔梗」に由来して「桔梗流」という名がつけられている。光秀が本能寺《ほんのうじ》の変を起こし、秀吉《ひでよし》に謀反人《むほんにん》として討《う》たれたことから、よくないイメージを抱く者もいるらしい。

だが、桔梗はその「更に吉」という漢字の成り立ちから、古来、縁起がよい花だと言われてきた。坂本龍馬《さかもとりょうま》、太田道灌《おおたどうかん》、加藤清正《かとうきよまさ》をはじめとして、あの陰陽師・安倍晴明《あべのせいめい》の家紋も桔梗だ。また、桔梗の根は、喉《のど》の腫《は》れや痛みにも効き目がある漢方薬としても重宝されている。

何より、その花は高貴で雅《みやび》。かといって、すましてツンッとしているわけではなく、野原の花々のように、楚々《そそ》と咲く。

そんなことから、明智家では、代々、桔梗を敬い、大切に愛《め》でてきた。

夢遊は、近く、家元を継ぐことになった。

現在の宗匠《そうしょう》は、父親の夢旦《むたん》だ。夢遊が継げば、宗祖より数えて二十一代目になる。まだ三十四歳。正直、プレッシャーは大きい。

戦国時代は、いつ命を落とすかわからなかった。信長《のぶなが》、光秀のように。もっとも、長い間「人生五十年」と言われていた。できるだけ早く、後継者を定めないと、「家」が途絶えてしまう。そんなことから、桔梗流では、明治期までは代々三十そこそこで宗匠を継ぐ習わしになっている。この歳で継ぐのは、遅いくらいだった。

「なんや、緊張してきたわ」

と漏らす夢遊に、ドライバーの美都子が言う。

「夢遊はんなら、大丈夫や。うちが保証する、立派なお家元にならはる」

「おおきに。そやけど、最終テストに受からんとあかんからなぁ」

「心配せんでもええ」

夢遊は、三日後に試験を控えていた。

桔梗流では、一年に一度、桔梗が咲き始める頃、各界のごく親しいお歴々を招いた茶会を催す。「桔梗茶会」だ。それは、一週間続く。その初日のお茶会で、夢遊は初めて亭主を務める。「亭主」とは茶会の主催者でありホスト。招待客のすべてに心を配る。大きな茶会では、家元が務めるのが習わしだが、その重責を任せるのが試験。父親の夢旦は、「末客《まつきやく》」として末席に座り、その様子を見守ることになっている。

初日の招待客全員が、試験官になる。家元が、試験官長だ。父親も、亡くなった祖父も、試験を受けた時にはかなり緊張したと聞いている。

「そやけど夢遊はん、桔梗見てたら気持ちが落ち着いて来たんやないの」

「そうなんや、やっぱり連れて来てもろうて正解やった」

「そやろ」

「おおきに」

一昨日のことだった。

夢遊は、落ち着かずそわそわしていた。自分でも、明らかに緊張のせいだとわかった。お茶会に来た美都子に、それを見て笑われた。

「ガチガチやなぁ、そんなんでは試験落ちてしまうで」

美都子の母親・もも吉《きち》と、父・夢旦は、親戚のように仲がいい。そのため、幼い頃からもも吉の家に行っており、美都子には幼い頃からよく遊んでもらった。美都子は、五つ年上。夢遊をまるで「弟」のようにかわいがってくれている。

夢遊は大学生の頃、父親に連れられて祇園で遊んだことがあった。美都子は人気も踊りの技量もともに№1で有名だったが、実際に芸妓姿《げいこ》をお座敷で見た時には、あまりにも美しくてびっくりしてしまったものだ。なぜ、芸妓をやめてしまったのか、訳は知らない。今は、個人タクシーのドライバーをしている。

「そうなんや、美都子姉ちゃん。どないしよう」

父親にはもちろん、父の高弟らにも相談することができない。なぜなら、「不安」を悟られるのが芳《かんば》しくないからだ。そんな心の内を察し、美都子から提案があった。

「うちがドライバーしてあげるさかい、茶会の前に京都市内の桔梗の名所を巡るとええわ。『うまくいきますように』って、神さん仏さんにお願いして回ろ！　もうここまで来たら、じたばたするより気を落ち着かせることが大切なんと違う？　腹くくりはって」

「腹くくる、か」

「うちも、芸妓やってた頃はな、えろう有名なお客様のお座敷に呼んでもろうた時は、近くのお寺の花を見て気ぃ鎮めたもんや」

「美都子お姉ちゃんも緊張したこともあったん？」

「当たり前やないの」

いつも自信に満ちあふれている美都子でさえ緊張すると聞くと、少しホッとした。

「そうか。それもええなぁ。でも、悪いなぁ」

「案内するんはお手のものやさかい。それに、花の開き具合を見ておけば、お客様案内する時にも『ここは見頃です』ってお勧めでけるしなぁ」

たしかに、おおよそ、茶会の準備はできた。水指《みずさし》、釜《かま》、茶器などの茶道具や掛物選びはもちろん、料理やお菓子の手配も済ませている。庭は先週から、庭師の仁斎《じんさい》さんが入ってくれて、隅々《すみずみ》まで手入れが進んでいた。手土産や帰りの車の手配も整っている。

あとは、亭主たる自分がどれだけ平常心でお客様をお迎えできるかにかかっていた。そこで、夢遊は美都子の厚意に甘えて、朝から桔梗巡りに出掛けたのだった。

御所のすぐ東側にある廬山寺は、紫式部《むらさきしきぶ》の邸宅跡に建つ。ここで『源氏《げんじ》物語』

を書いたという由緒の「源氏庭」が有名だ。白い石を敷き詰めた庭には、苔《こけ》を敷き詰めた「島」があちらこちらに。梅雨入りの頃になると、この「島」に桔梗の花が咲き始める。

「最初に行った、南禅寺《なんぜんじ》の天授庵《てんじゅあん》さんはまだ時期には早《はよ》うて残念やったけど、晴明《せいめい》神社さんは見事どしたなぁ。桔梗て一口に言うても、種類がいろいろあるさかいに咲く時期も違《ちご》うてくるし。さあ、次が最後、天得院《てんとくいん》さんや」

天得院は、東福寺《とうふくじ》の塔頭《たっちゅう》で非公開。桔梗と紅葉《もみじ》の時期だけ特別公開される。

「じゃあ。美都子姉ちゃんお願いします」

二人は車に乗り込んだ。

格子の引き戸を開けると、転々と連なる飛び石が「こちらへ」と言うように人を招く。石の一つひとつは、雨も降っていないのに、しっとりと濡れて光っている。そう見えるように、水を打ち、手をかけているのだ。

もも吉の心配りには、いつもながら感心する。

夢遊が、心の師の一人として尊敬しているもも吉が、迎えてくれた。

「夢遊はん、おかえりやす」

もも吉の今日の着物は薄～い水色地に観世水模様。もも色の桔梗柄の帯に、紺地の帯締め。涼しげで見ている者も心が和《なご》む。

美都子の案内の最終目的地は、もも吉庵《あん》だ。

もも吉が女将《おかみ》を務める甘味処で、なんでも花街《かがい》の人たちが悩み事の相談に訪れるのだという。美都子が、今回、「じたばたするより気を落ち着かせることが大切なんと違う?」とアドバイスしてくれたのも、その血を引いているからかもしれない。

「ご住職、こんにちは」

祇園に隣接する建仁寺《けんにんじ》塔頭の一つ、満福院《まんぷくいん》の隠源《いんげん》和尚《おしょう》だ。

もも吉庵名物の麩《ふ》もちぜんざいを一緒に食べることになっていた。

「待ってたでぇ。早《はよ》う、ここ座り」

「はい……そうそうもも吉お母さん、これお土産です。あとで、みなさんで召し上がってください」

L字型の角の席に座っていたおジャコちゃんが包みに近寄る。おジャコちゃんは、もも吉庵のアイドル的存在の猫。アメリカンショートヘアーのメスだ。匂《にお》いをクンクンと嗅《か》いだかと思ったら、また椅子に戻って眠ってしまった。きっと、好物のちりめんじゃこではないとわかったのだろう。

「なんやなんや」

と、隠源が包みを奪うように取った。もも吉が、

「なにするんや！」

と叱る。

「ええやないか、夢遊はんは『みなさんで』言うたで。なあ」

「はい、どうぞ、どうぞ」

「あ、これ鶴屋弦月《つるやげんげつ》さんのお菓子やないか」

鶴屋弦月は、東福寺門前の名店だ。隠源は、箱を開けたとたん、声を上げた。

「うわぁ、州浜《すはま》や〜、わての大好物や」

きなこを練って作った州浜は、うぐいす色でそらまめの形を模している。

隠源が一つ摘《つま》んで、口に放り込んだ。もも吉が、また叱る。

「なんてお行儀悪いんや。あんたは、ぜんざいお預けや」

「あ、あ、すまん。かんにんや。ぜんざい作ってぇな」

それに答えず、もも吉はプイッと奥へ入って行った。この二人、いつも漫才のようでおかしい。それも、このもも吉庵の魅力。夢遊は緊張で落ち着かない中、最後にここを訪れてよかったと思った。

「新作の麩もちぜんざいや。さあさあ、どうぞ」

もも吉が、最初に夢遊の前に清水焼《きよみずやき》の茶碗を置いてくれた。図柄は、桔梗である。

「もも吉お母さん、おおきに」

桔梗流に因《ちな》んでのこととわかった。だが、続きがあった。夢遊は、茶碗のふたを取って驚いた。その様子を見て、隠源がのぞき込む。

「あっ、紫やで」

夢遊は、もも吉の粋な計らいに感激した。ぜんざいが、薄い紫色をしているのだ。

「鹿児島産の紫芋が手に入ったさかい、つぶして白あんと混ぜてみたんや」

美都子も、隠源と交代に茶碗をのぞき込んで言う。

「ほんまに、桔梗みたいにキレイな色やわぁ。これは前祝いやね、宗匠になる」

「いえ、まだ試験がありますからわかりしまへん」

「それにしても、大したもんや。うちの息子とは大違いや」

隠源が、そう呟《つぶや》いた時、背中の扉が開いた。

「ああ、噂をすれば……や、お前遅かったなぁ」

「何言うてるんや、おやじ。大切な檀家《だんか》さんほったらかしにして」

「おやじやない、住職や」

隠源の息子の隠善《いんぜん》である。そういう隠善は、なにかしら落ち着きがない。チラリチラリと、夢遊と美都子を交互に見ている。

（はは あ、そういうことか）

と夢遊は思った。隠善は美都子に気があるのではないかと、以前から感じることがあった。今、たまたまだが、夢遊と美都子が、一つの茶碗をのぞき込んでいるのを見て、「仲睦《むつ》まじい」とヤキモチを焼いているのに違いない。

隠源が、そんなことはお構いなしに言う。

「お前も少しは夢遊はんのこと見習うとええ。お前とそう歳は変わらんやろ」

もも吉が、茶々を入れる。

「隠源はんがポックリ逝《い》ったら、すぐに住職になれるで」

「なんやて！」

「まあまあ」

と、夢遊は茶番と知りつつも、二人の間に入った。

「それぞれ『道』が違いますから比べられるものやないと思います。それに、私が初めて茶席に入ったんは四つの時です。そやから、茶の道に入ってもう三十年というこ とになります」

「そうやろ、大したもんや。爪の垢《あか》でも煎《せん》じて飲んだらええんや」

と隠源は声を張り上げた。

「ところで、夢遊はん、あとはお嫁さんだけやな。誰かええ人おるんか？」

隠善が神妙な顔つきでこちらを見るのがわかった。

「残念やけど、まだです」

「美都子ちゃんなんかどうや？」

と隠源が言うと、美都子が、怒った。

「『なんか』ってどういうことやの！」

「かんにん、かんにん」

夢遊は、隠善の前なので、これ以上無用な心配をされないように言った。

「美都子姉ちゃんは、ほんまのお姉ちゃんみたいな気がするんや。ずっとちっちゃい頃から遊んでもろうてたさかいになぁ。それより、隠源さん。誰かほんまにええお人、おらんやろうか？」

「何言うてるんや。二枚目で名家のご子息や。星の数ほど縁談があるやろ」

「それが、なかなか……」

夢遊は、真顔で答える。

「……そう簡単な話やないんです。縁談も、いろいろ来てます。キレイな子も、ええ所《とこ》のお嬢さんもいてます。そやけど、桔梗流に嫁ぐいうとなると、よほどの素養がないとあかんと僕は思うてるんです」

「それは、茶道を相当嗜《たしな》んでいるいうことか？」

「いえ、お茶はどうでもええいうたらあかんけど、一度もお茶点《た》てたことない子でもええんです。なんていうか、人柄いうのとも違うな……」

と首をひねった。すると、もも吉が代わりに答えてくれた。

「夢遊はんを陰日向《かげひなた》に、しっかり支えてくれはる気遣いのでけるお人やろ」

「そ、そうなんです、もも吉お母さん。うちは大きな流派ではないけど、それなりに歴史がある分、高貴なお方とのお付き合いもあります。『いまどき』の女の子では、嫁いで来てくれたとしても当人が辛《つら》くなるだけやと思うんです。そやから、うかつに恋愛もでけしまへん。ご住職のところも、お寺さんやさかいに同じと違いますか？」

「いやいや、うちはどないな娘でも構わんでぇ。このままやと、隠善はまったくモテへんから一生独身や。困ったもんや」

「なんやて」

と、隠善が父親を睨《にら》んだ。

「いずれにしても、名家・名跡《みょうせき》のお嫁さん探しは難儀なことやなぁ」

「しかし、なんとかせんと家が途絶えてしまいますから」

と、夢遊は真剣な顔つきになった。もも吉が話を止めて言う。

「まあまあ、そないな話は置いといて、今日は前祝いの席みたいなもんや。さあ、食べまひょ」

「そうやな、食べよ食べよ」

と言い合い、みなが箸を取った。

和気あいあいと時が過ぎ、「さて、お開き」と誰が言うでもなく腰を上げた時のことだった。夢遊のスマホが鳴った。

「ここで出たらええ」

ともも吉が促してくれた。電話に出た夢遊は言葉を失った。一瞬置いて小声で訊《き》く。

「それでみんなの具合はどうなんや」

「そうか……」

「わかった。任せるから頼むわ」

と、ポツリポツリと向こうの相手に言う。もも吉が尋ねる。

「どないしはったんどす？」

「はい……困ったことになりました。今週、東京で親しい他の流派さんの大きな茶会がありまして。何人か、うちから弟子をお手伝いに出していたんです」

「困ったことって……なんやの？」

「会場のホテルで食中毒が発生して、大勢が病院に担ぎ込まれたいうんです。どうも、お昼のお弁当が原因らしいて」

「なんやて」

「わたしが一番に頼りにしている弟子たちでして……三日後の桔梗茶会の、早朝の最後の準備を任せていたんです。二日目からは頼める者がいるのですが、肝心な初日に代わりの者の心当たりがなくて……」

夢遊は、自分でも青ざめているのがわかった。それを見てか、みんなが心配そうな面持ちだ。もも吉が尋ねた。

「それは大変や。誰か代わりのもん、急いで探さなあきまへんなぁ。よほどお茶に詳しい者でないとあきまへんのやろ」

「いえ、お茶でおもてなしするんは、わたしです。ですから茶道に詳しい必要はないのです。してもらう仕事は、子どもでもでけることなんやけど、ただ……」

「ただ、なんどす？」

夢遊は、もも吉の瞳を見つめて言った。

「辛抱強うて、細かな気遣いができる人やないとあかんのです」

もも吉が、なぜか、にやりとした……ような気がした。

「それは、『気張れるお人』いうわけやな」

「その通りです」

花街では、「お気張りやす」という言葉が、「こんにちは」と同様に、挨拶のように口にされる。

「昔、もも吉お母さんに教えてもろうたことがありましたね。『頑張る』とは、『我を張る』こと。独りよがりのことやと。対して、『気張る』いうんは『周りを気遣って張り切る』ことやって。まさしく、それができるお人やないと務まらんのです」

隠善が言う。

「なかなか難しい条件やねぇ」

隠源も続けて、

「いろいろ人生経験積まんと、たどりつけへん境地や」

と言うと、夢遊はいかにも困り顔で言った。

「そうなんです。任せようとしていた者たちは、弟子と言っても父の高弟なんです。その代わりとなると……

「かんにん、夢遊はん。すぐに思いつかへんわ」

と美都子が言うと、みんなの溜息が、もも吉庵に重く響いた。

ちょうどその時だった。

また、扉が開いた。

「あっ、京極《きょうごく》社長はん」

そう言うと、夢遊がパッと席を立ってお辞儀をした。老舗和菓子店・風神堂の京極丹衛門《たんえもん》社長だ。今度の茶会試験の初日に招待している人の一人だった。

「おお、夢遊はん。来てはったんか」

「はい」

「ちょっと疲れたさかい、もも吉お母さんの麩もちぜんざいが食べとうなってなぁ」

「おこしやす、京極社長はん」

そう言い、ぜんざいを拵《こしら》えに奥へと立ち上がろうとしたもも吉が、急に中腰のまま動かなくなった。一つ溜息をついたかと思うと、裾の乱れを整えて再び座り直した。普段から姿勢がいいのに、いっそう背筋がスーッと伸びた。帯から扇を抜いたかと思うと、小膝をポンッと打った。ほんの小さな動作だったが、まるで歌舞伎《かぶき》役者が見得《みえ》を切るように見えた。

「ええお人がおりました!」

「え⁉」

その場の全員が、首を傾《かし》げた。特に京極は、もも吉に顔をじろじろと見られて、

「なんやろう」とキョトンとしている。

隠源が訝《いぶか》し気に訊く。

「なんや?」

「朱音ちゃんや」

もも吉がそう言うと、隠源、隠善、そして美都子が「ああ」と、申し合わせたように声を漏らし、「納得や」という顔つきで頷いた。

「朱音」とはいったい誰のことなのか。夢遊にはわからなかった。

「実はなあ、京極社長はん。夢遊はんが、ピンチなんや」

そう言い、美都子が、要約してことの次第を説明した。

「なるほど。それは困りましたなぁ」

「助けてあげてぇな」

と美都子が言う。

「それで、私はどうすれば？」

もも吉が、

「朱音ちゃん、一日だけ夢遊はんに貸してあげてもらえんやろうか？」

と、夢遊の代わりに頼むと、京極が即答した。

「それはええ、打ってつけや」

夢遊は、わけがわからず、尋ねる。

「京極社長はん、そんなにでけるお人なんですか、その『朱音さん』いうお人は」

すると、全員が、「うんうん」と頷いた。

「間違いないわ」

と答える京極に、夢遊が、

「申し訳ないですが、最低でも三人くらい必要なんです」

と言うと、

「わかった。そやけどうちも忙しい時やさかい、一人でも抜けるんは痛いんや。あとの二人もできるだけいい人選をするけど、朱音君みたいにはいかん。それでもええか？」

「はい。もう差し迫っていることやさかい、助かります」

「さあさあ、京極社長はんにも、麩もちぜんざい拵えまひょ」

と、もも吉が立ち上がった。隠源が言う。

「今日は見てびっくりのぜんざいやでぇ」

「それは楽しみや」

「ばあさん、わてにもお代わりな」

「誰がばあさんやて、じいさん」

もも吉庵は、笑いに包まれた。


新聞配達の青年が、息を弾ませて駆けて行った。

桔梗流家元・明智家の本宅は、中京区六角通《なかぎょうくろっかくどおり》にある。

通りをゆく観光客は、誰もが「旅館？　それとも料亭？」と見紛《みまが》い、カメラを構える。まるで、名旅館「俵屋《たわらや》」か「柊家《ひいらぎや》」のような歴史ある佇《たたず》まいだ。

今日は、昼少し前から、桔梗茶会が始まる。

その早朝、四時五十分。

まだ日の出の時間から少ししか経っておらず、空はほの暗い。

若王子美沙は、眠たい眼をこすりながら、ここまで家から五十分ほど、歩いてやってきた。まだ、電車が動いていないからだ。一昨日、若王子が副店長を務める南座前店に、京極社長から直々に電話がかかって来た。驚いた。

「君に助けてほしいんや」

と言う。もちろん、普段から気安く話せる相手ではない。なんでも、茶会のお手伝いをする人が、食中毒になって困っており相談を受けたのだという。そこで、人事部の人間に話したら、「若王子さんがええんやないか?」と推薦されたのだと。

光栄だった。きっと、その推薦をしてくれたのは裕子だ。店長になれるように、社長のポイントを稼げるようにと気を利かせてくれたに違いない。

「もちろんです」

と返事した。ところが、後で詳しく話を聞くと、めちゃくちゃ早い時間に現地集合だという。それも、「お手伝い」という以外には何も知らされていない。

「向こうに行けばわかるはずや。指示通りにやってくれたらええさかい。それから、誰か店のスタッフを一人連れて行ってほしい。誰でもええわけやない。でける人や。現地でもう一人、本社の者を行かせるさかい、全部で三人や。頼むで」

若王子は「やるしかない」と、夕べは早くベッドに入り、意気込んでやって来た。

ところが、いざ、明智家の前まで来て、溜息が出てしまった。

もう一人、頼んでいた学生アルバイトの二階堂とともに、門の前に立っていたのが……あの「のろま」の斉藤朱音だったからだ。思わず口に出た。

「あんたかいな、社長が言うてた本社の人って」

「はい」

若王子は不安になった。また足手まといになるに違いない。それどころか、何か失敗をしでかしたら、自分のせいになってしまう。なんと言っても三人の中で、だんぜん年長の副店長なのだ。ここは、管理責任も問われかねない。

「ご、ごめんなさい」

気持ちとは、口にしなくても伝わるという。朱音も自分でわかっているらしい。

「まあ、ええわ。今日は迷惑かけんように頼むわ。二階堂君もよろしゅうね」

「ハイッ！」

と二階堂が気持ちのよい返事。若王子は少し救われたような気がした。

そこへ、門が開き、玄関から若い男性が現れた。

「夢遊言います。ここの息子です。みなさん、風神堂の方ですね」

「はい、今日はお手伝いさせていただきます。よろしくお願いいたします」

若王子は、頭を下げた。少し遅れて、二人も。夢遊に促されて、屋敷の奥へと通された。

「お聞きかと思いますが、今日から大切な茶会が始まります。これから最後の支度をしますのでお手伝いをよろしゅうお願いいたします」

「あ、あのー、うちらは何を……？」

「庭の掃除をしていただきます」

「掃除ですか？」

「実は、昨日の夕方まで、庭師さんに入ってもろうて掃除は済んでおります。そやけど、お客様をお迎えする前に、もう一度、丁寧に掃除しておきたい思うてます。ほんまは私がやればええんやけど、さすがに今朝は茶席の支度で忙しいさかいに」

若王子は、正直な気持ちを告げる。

「心配してました。茶会のお手伝いって何をやればええんやろう、って。そやけど、掃除ならでけます」

「あなたが斉藤朱音さんですね」

「え⁉」

「京極社長はんから伺ってます」

「いいえ……斉藤は、この娘《こ》です」

若王子は戸惑った。

（どういうことなんやろう？）

「私は、若王子と申します。南座前店の副店長をしております」

「そうでしたか。それはたいへん失礼いたしました」

「こちらが同じ支店の二階堂です」

「よろしくお願いいたします！」

二階堂は、いつもの店頭でのようにハキハキと挨拶した。

「なんや気持ちのええ男の子やなぁ、よろしゅうな」

「ハイッ！」

「じゃあ、説明するさかい、こちらへついて来てください」

若王子は、何かモヤモヤとしたが、気を取り直した。

入口は狭いが、壁伝いに細い路地のようなところを、右へ左へと進むと、急に景色が広がった。朱音が、

「わあ、キレイ」

と声を上げた。

「そうやろ、うちの自慢の庭や」

そこはまるで、寺院の庭園のようだった。大きな池の向こうに築山《つきやま》が二つ。そこへ渡る石橋が架かっている。園内には苔が敷き詰められ、池のほとりには半夏生《はんげしょう》が満開だった。大徳寺《だいとくじ》？　妙心寺《みょうしんじ》？　そう思わせるくらいに見事な庭だ。

「まさか、この庭を？」

と若王子が問うと、夢遊は笑って答える。

「あなたたちには、落ち葉を拾ってもらいたいんや。ただ、それだけや。あと、池の中に浮いている葉っぱもなぁ」

「でも、手が届きません」

「心配せんでもええです。金《かな》ばさみ、タモが用意してあります。向こうのつつじの陰に見えるんが倉庫や。鍵は開けてあるさかいに、掃除の道具は自由に使《つこ》うてください」

「はい、わかりました」

若王子は、「掃除」、それも「落ち葉拾い」と言われて落胆した。せっかく意気込んで来たのに……。というより、がっかりした。これでは活躍の場がないではないか。とはいうものの、これほど広い庭だ。三人でも時間がかかりそうだった。

「葉っぱ拾うんは、簡単なようで難しい、気ぃ遣う仕事です。玉砂利の上や、苔の上は慎重になぁ。柵の中には入らんように気ぃつけてください。せっかく庭師の仁斎さんに整えてもろうた庭や、少しでも苔はがしてしもうたら叱られるさかい」

「は、はい」

「次はこっちです」

「え？　まだ他に？」

それには答えず、夢遊は来た道を玄関の門のところまで戻った。

「どちらへ？」

若王子が尋ねたが、夢遊は六角通をどんどん歩いていく。三人は、付いていくしかない。角を曲がって少し歩き、再び角を曲がった。

「ここです」

と、指さす。木塀に小さめの扉がある。大人が屈《かが》んでやっと入れるほどのもの。その木戸《きど》を開けて夢遊がくぐって入る。

「ここは、うちの裏門や。どうぞ」

と言われて若王子もくぐる。すると……。

「え！」

思わず、声にならない声を上げた。続けて入って来た朱音と二階堂も、ポカンとしている。朱音が溜息のように漏らす。

「キレイ」

木戸をくぐると、点々と乳白色の飛び石がくねくねと続いている。一つひとつの石の大きさは両手で丸を作ったほどの大きさだが、微妙に形が異なり、いびつだ。

その両側には、桔梗の茂みが満開。

淡い紫色が続く真ん中に、細い細い路が蛇行する。

「付いて来てや」

夢遊の後に従い、飛び石を注意しながら歩を進める。腰よりも低く、膝よりも高いところで、両側から桔梗がしなだれてパンツに触れた。触れたと言っても、ほんの少し。僅《わず》かである。

すると、桔梗が揺れる。

数歩進むと、また足に触れて揺れる。

気を付けて、花が足に当たらないようにしようと思っても、無理な話だった。

「そういうふうに、意図して作られてる」

ことが朱音にはすぐにわかった。

その路を、十メートルほど進んだ。その先に、藁《わら》ぶきの待合《まちあい》がある。すぐ隣には蹲踞《つくばい》。ここには、桔梗の一枝を浮かべるという。さらに飛び石が続き、その先に茶亭のにじり口が見える。

夢遊がにっこりして言う。

「ここは、桔梗流の自慢の趣向なんや。誰が名付けたわけでもないんやけど『桔梗《きちこう》小路《こみち》』と呼ばれてます。桔梗が茶亭へと誘《いざな》うという仕掛けでなぁ。わざと路が細う拵えてあるので、自ずと足に桔梗が触れるわけです。それも、『ぶつかる』いうほどやなく、かすかに『触れる』いうくらいになぁ。そんな具合に微妙に桔梗を植えて路の側へとしな垂れさせるんは、なかなか難儀なことなんや。庭師の仁斎さんしかでけへん」

朱音が、またぽつりと漏らす。

「なんか、桔梗の茂みの中を歩くトトロになったみたいな気分……」

「うまいこと言わはるなぁ～、君」

夢遊はいっそうの笑顔になった。見つめられた朱音の頬が赤くなった。

「茶会はいつも、この裏門からお客様に入っていただく趣向になってるんや。なんともええやろ」

そう言われて、茶道にまったく素人の若王子も感心して目を見張った。実に風情がある。

「ここも掃除してもらいたいんや」

と、夢遊が指をさす。若王子は、尋ねた。

「あの～こちらは見回したところ、一つも葉っぱが見当たらないのですが……」

「いや、そうやない。ここは雑巾がけしてもらいたいんや」

「え？」

「さっき打ち水をしておいたから、飛び石を雑巾で拭いてほしいんや」

「石を拭く？」

と言い、若王子は首を傾げる。

「そうや、少しでも水が溜まっていると、跳ねて着物の裾《すそ》を汚すかもしれへんからなぁ」

「それだけですか」

「そうや、それだけや。そやけど丁寧になぁ」

若王子が「それだけ」と言ったのを聞いて、夢遊が眉をひそめたような気がした。「しもうた」と思ったが、遅い。若王子は、失点を取り返すが如く、背筋を正していった。

「お任せください。われわれ風神堂のもんが一生懸命務めさせていただきます」

「九時くらいに様子見に来るさかい、よろしゅうお願いします」

「はい、かしこまりました」

「蒸し暑いさかい、熱中症には気ぃつけて休み休みな。表玄関のところにペットボトルのお水を用意してありますさかい、自由に飲んでくださいね」

「お気遣い、ありがとうございます」

「それから、終わったらみんなで朝食食べに行きましょか」

こんな朝早くからよほど忙しいらしく、夢遊は早々に家の方へと姿を消した。

若王子は思った。夢遊は不快な顔つきをしたが、「石を拭く」なんてあほらしい。そんな仕事は……。

「斉藤さんは、ここの飛び石担当な。うちらは庭の池の方やる。見たやろ、あないに広いんや、二人でもたいへんや。楽な方任せるさかい、ええな」

「はい、気張ります」

「うん、頼むで。そしたら、道具取りに行こ」

三人は、掃除に取り掛かった。

五時から始めて丸四時間。朱音は、黙々と雑巾で石を拭き続けた。

これが、思うよりもたいへんだった。

見た目はキレイな白っぽい石に見える。ところが、いざ拭いてみるとすぐに雑巾は汚くなった。バケツの水は、あっという間に濁った。そんな汚れた水で雑巾を濯《すす》いでも、キレイにならない。倉庫の横にある洗い場の水道の蛇口まで行き、水を汲み換える。庭に水を捨てるわけにはいかないから、水の入ったバケツを持って往復することになる。それが、十往復……いやもっと多かったかもしれない。

途中、池の脇を通る。若王子副店長に、奥の方から声を掛けられた。

「もう終わったんか～」

橋の袂《たもと》にある石に腰掛けていた。

近くで二階堂が、タモで池に浮かぶ葉っぱを拾い上げている。

「いいえ、まだです」

「なにノロノロしてるんや」

「すみません」

「池の方、手伝《てつど》うてもらおう思うてたけど、もうすぐ終わってしまうで」

「ご、ごめんなさい……」

朱音は、バケツを手にしたまま、頭を下げた。ときどき、南座前店に応援に行くが、いつも足手まといになってしまう。気持ちは一生懸命なつもりだが、迷惑をかけて叱られてばかりだ。そして、今日も碌《ろく》に役に立てていないようだ。必死に石を拭き続け、九時ぎりぎりに作業を終えた。でも、自分では不満足だった。

（もっと丁寧にやりたかったけど、時間が……）

そう思って、腰に手をやりながら立ち上がった時、遠くから夢遊の声がした。

「斉藤さんもおおきに。キレイになったなぁ。道具片付けて、朝食にしよか」

「は、はい」

イノダコーヒは、京都では知らない人のいない珈琲《コーヒー》専門店チェーンだ。朱音はその本店の前を通るたび、「レトロでいいなぁ」と思っていた。そこで、夢遊が、朝食をご馳走《ちそう》してくれるという。

疲れた。ずっと屈んで石を拭いていたので、腰が痛くてたまらない。

若王子副店長と、アルバイトの二階堂君と、三人で丸いテーブルを囲んだ。夢遊には、「あと少しだけ用事済ませたら行くさかい、先に行って食べてて。行きつけのお店やから、『明智の家のもんです』言うたらわかるようにしてあるから」と言われた。

もうモーニングセットが注文されており、ウエイトレスさんに飲み物を何にするかだけを尋ねられた。

しばらくして、大きな白いお皿が運ばれて来て驚いた。そこには、ふわっふわのスクランブルエッグと千切りキャベツやポテトサラダ、分厚いボンレスハムも載っていた。そして、食べる前から「サクサクッ」という音が聞こえてきそうなクロワッサン。「京の朝食」という人気メニューだそうだ。

でも、朱音は、食欲がなかった。クロワッサンを少しだけ食べ、コーヒーを二口三口飲んだらムカムカしてきた。水分補給は気を付けていたはずだが、少し気分が悪い。頭もボーッとする。熱中症になりかけているのだろうか。

朱音は、冷たいお水を飲み干した。

「斉藤さん、もう行くで」

「あ、はい」

「ぜんぜん食べてへんやないの。何してるん」

若王子が、朱音のお皿を見てあきれている。ほとんど手がつかないままだ。

「あんたは、食べるのも遅いんやなぁ」

「ご、ごめんなさい……なんか食欲がなくて」

「小食なんか？　その割にはよう肥えとるなぁ」

「ご、ごめんなさい」

二階堂が笑って見ている。朱音は、男性の前で恥ずかしい思いがした。

「食べへんのやったら、行こか？　夢遊はん、来られへんようやから」

「はい」

レジで、「お支払いは明智様から頂戴いたします」と言われ、そのまま店を出る。

三人連なり、一筋ほど歩いたところで、向こうから夢遊が歩いて来るのが見えた。

「遅うなってしもうた。すんまへんなぁ。美味しかったですか？」

二階堂が元気よく答える。

「お腹いっぱいです。ご馳走様でした」

「ほなよかった」

朱音は、食べ残したこと、いやほとんど食べられなかったことが申し訳なくて、言葉が出ない。若王子が訊く。

「うちら、この後はどうしたらええでしょう」

「申し訳ないけど、茶会が終わった後も、少し片付け手伝うてほしいんや。せっかくやから、倉庫の中の片付けもしてしまおう思うてて。ちょっと大切なもんも入っているさかいに、私も一緒やないとでけへんのや。今度は、小一時間もあれば済むさかい」

「はい、承知しました。それまでどこで？」

「玄関上がってもろうたら、左側に応接室があります。茶会は午後二時くらいには終わるさかい、そこで待っててほしいんや。お茶とお菓子も用意してあります。お昼には、仕出し屋さんからお弁当も届くようにしてあります。四時間もあるさかい、買い物とか外へ出掛けてもらってもええけど、少し前までには戻ってきてな」

「はい、待たせていただきます」

夢遊と別れて本宅方向へ、と歩き始めた。朱音は、お店で冷たい水を飲んだせいか気分は少しずつよくなっていた。だが、心の中がモヤモヤしてたまらない。

（このままではいけない）

そう思い、

「副店長、すみませんが忘れ物しました。先に戻っていていただけますか？」

「なんや、そそっかしい。何を忘れたんや」

「ええ……ちょっと」

「仕方ないなあ、この娘は。時間はぎょうさんある。ゆっくり行って来なはれ」

「はい、ご、ごめんなさい」

そう言い、朱音はイノダコーヒへと踵《きびす》を返した。

夢遊は、イノダコーヒで一服し、瞑想《めいそう》するのが好きだった。

もうすぐ、茶会が始まる。とにかく、心を落ち着けることが必要だと思った。

「うまくゆく、うまくゆく」と心の中で唱える。準備は万端。美都子のおかげで、不安な気持ちも解消していた。

モーニングセットを待っている間、お水を一口含んで眼をつむった。

（あとは、いつも通り。平常心や）

そう自分に話しかけた時だった。レジの方で聞き覚えのある声がした。チラリと遠巻きに見ると、斉藤朱音がレジの女性にしきりに何かを話している。

（なんやろう？　忘れ物やろうか）

ペコリペコリと頭を下げている。何か謝っているのか。レジの女性は、戸惑うような素振り。また朱音が頭を下げる。その様子を見て、近くの席に座っていた初老の男性が朱音に歩み寄り、声を掛ける。離れすぎていて、声は聞こえない。だが、何かを尋ねているかのように見えた。男性が、朱音に名刺を差し出した。

（どういうことや？　……え？　あの人は⁉）

夢遊は、首を傾げた。

若王子は、応接室で快適に過ごしていた。エアコンは効いているし、ソファのクッションのなんとやわらかなことか。早速、用意してもらっているお茶菓子をいただいた。「鼓月」の「千寿せんべい」だ。波型のクッキーをパクリと噛《か》むと、はさんであるクリームが口中に溶け出す。食べ飽きない。二階堂は、「美味しいですねえ」と、三個も続けて食べてしまった。さっきモーニングセットを食べ、あと二時間もしないうちに、お弁当が届くはずなのに。

遅れて戻って来た朱音は、お菓子に手を付けないどころか、何やら窓の外を見てそわそわと落ち着かない様子。

「なんや、忘れ物、見つからへんかったんか」

「いえ……そうやなくて」

「なんや」

「あの……雨が降って来ました」

「え？……ほんまや」

若王子も、窓の外をのぞき込んだ。

「今日は、天候が不安定やって、夕べの天気予報で言うてたな」

ようやく梅雨らしい天気になってきたようだ。ダッダッと屋根瓦を打つ雨音がしたかと思うと、土砂《どしゃ》降りになった。つい今しがたまで、晴れ渡っていたというのに。二階堂が空を見上げて言う。

「あっ、すごい雨ですよ。でも、真っ黒な雲が猛烈な勢いで流れているから、すぐにやむんやないですか。掃除の最中やなくてよかったですね」

若王子も、窓から空を見て、

「ほんまや」

と答えた。

二階堂の言う通りになった。ものの三十分も経たないうちに、雨は上がった。

「でしょ」

と二階堂はしたり顔だ。若王子が、

「まだ倉庫の整理やらなあかんから、上がってよかったなぁ」

と言っても、朱音はいつまでも外を見ている。と思ったら、応接室から飛び出して行ってしまった。普段の、のろまな動きからは想像もできないほど俊敏だった。

「なんやのあの娘」

と言うと、二階堂が言った。

「トイレやないですか？」

「夢遊はん、ええお茶やった。ほんま楽しませてもろうたわ。おおきに」

そう微笑《ほほえ》んで言ったのは、正客《しょうきゃく》の関川大蔵《せきかわたいぞう》。京都市長だ。京都の観光PR大使を自認しており、国内だけでなく海外視察へも和服で出掛けることで有名だ。さらに、茶道、華道、絵画、歴史と趣味人としても知られている。夢遊の父親、夢旦とは大学の同期の仲で、どれほど忙しくても茶会には参加してくれる。

「これなら合格やな、いかがですか？　柳生《やぎゅう》はん」

そう問われたのは、次客《じきゃく》の華道「柳生流」宗家家元夫人の柳生久美子《くみこ》だった。かつて祇園の名妓として人気を博していた。もも吉の三つ年下で、当時の名は「もも華《か》」。もも吉の妹として舞妓デビューし、揃ってお座敷に引っ張りだこだった。その久美子が二十三歳の時、柳生流の家元の嫡男に見初《みそ》められた。プロポーズを受け、芸妓をすっぱりと廃業し嫁いだのだ。

今回は大切な意味を持つ茶会ということで、わざわざ上洛してくれた。

「うちは百二十点や思います。お点前《てまえ》はもちろん、茶器も軸も見事や。ええ跡継ぎに育たはってうらやましいわぁ」

ずいぶん東京暮らしが長いのにもかかわらず、久美子は京都に帰ると京ことばになる。続けて、風神堂の京極社長も頷いた。

「申し分ない思います」

末客の席に座っている夢旦が、ようやく口を開いた。

「いえいえ、まだまだやと思います。そやけど、これで私もめでたく隠居でけます。一度、仕事抜きで家内を海外旅行に連れて行ってやりたい思うてますんや。今まで苦労させた分、奥さん孝行せなあかんて」

「それはええ。旦那が早よ亡くなると淋しいもんや。どちらも健康なうちに行きたいとこ行っといた方がええ」

久美子が、少し淋し気に言った。

「ところで、みなさん。今日は、なんやら妙なことがありましてなぁ」

と、関川が口を開いた。すると、柳生久美子が受けて相槌《あいづち》を打った。京極も、

「そうですか、みなさんも気づかはりましたか」

と言う。夢遊が、心配げに、

「何か不首尾がございましたでしょうか?」

と関川に尋ねた。

「悪いことやない、ええことや。そやけど不思議で仕方がないんや」

「それは……?」

「この桔梗茶会も、お父さんのご縁で何度も来させてもろうてます。そのたびに思うのは、桔梗小路のことや。裏木戸くぐって、飛び石をゆるゆる歩いてくると、もう触れるか触れんかわからんくらいのところで、桔梗の花が膝に当たるんやな。す

ると、桔梗が、これまた揺れるか揺れへんのか、わからんくらいに揺れるんや。庭師さんと茶会の亭主の気持ちが温こう伝わってくる瞬間や」

「そうですなぁ」

「はい」

と、京極、久美子が頷く。

「そやけどなぁ……茶亭まで来て、履物《はきもの》脱いで、にじり口をくぐろうとした時、ハッとしたんや。さっきな、ここへ着く少し前にな、通り雨があったやろ」

夢遊は答える。

「はい、急に空が真っ暗になりまして。みなさん足元大丈夫やろかと心配しましたが、すぐにやんでホッといたしました」

「茶室の畳を濡らさんよう、懐紙取り出して着物を拭おう思うたんや。桔梗の花や葉っぱの水滴が付いてる思うてなぁ。そやけど、ちいとも濡れとらへん」

そう言う関川に、久美子が、

「うちも妙やと思いました。うちもハンカチ出したんやけど」

京極も夢旦も、

「妙や」

「妙やなぁ」

と言う。関川が、夢遊に、

「夢遊はんの指示やないんやな?」

と尋ねると、

「はい。どういうことか、みなさん、もう一度桔梗を見に行かれませんか?」

「そうやな」

という関川の一言で、順に立ち上がって再び、にじり口から庭へと出た。

関川を先頭に、桔梗小路へ。おのおの飛び石の両側の桔梗の茂みを観察した。

「やっぱりや」

「そうや、やっぱりや」

「思うてた通りどした」

「どういうことや」

と、夢遊の他の四人が顔を見合わせた。さらに、

「こっちのもや」

「端から端まで全部やないか、誰がしたんや」

関川が言う。

「ここも、夢遊はんが設《しつら》えはったんやろ」

「はい、京極社長はんによこしていただいた会社のみなさんにお願いしました」

「その方たちは、もう帰りはったんやろか」

「いえ、今、部屋で休憩してもろうてます」

「ちょっとここへ呼んでもらえんやろか。確かめたいことがあるさかい」

　しばらくして、桔梗小路に二人の者がやって来た。京極社長が話し掛ける。

「おお、若王子さん、今日はご苦労さんやな。え〜と、君はたしか南座前店の……」

「はい、二階堂いいます」

　関川が少し大きな声で、二人に話しかけた。

「あんたらがここ、掃除したんやってなぁ。見事なもんや。こういう気配りいうか、気遣い、どこで学んだんや。やっぱり、社長の教えが素晴らしいんやろうか」

　何を言われているのか。わからないらしい。二人とも、キョトンとしている。

　戸惑った様子のまま、若王子が答えた。

「い、いえ……ここは……斉藤さんが……今、おトイレに行ってて……」

　そう言いかけた時、飛び石の上を歩いて来る女性が見えた。

　よほど運動神経がよくないのか、石を踏みはずさないように歩幅を合わせながら

ソロソロと。

朱音は、応接室で休憩していたら、ずいぶん体調がよくなって来た。

ところが、今度は、お腹がゴロゴロし出した。朝も昼も食べていなかったのに、冷たいお水ばかり飲んでいたせいかもしれない。トイレに行こうと立ち上がったところで、夢遊が「みなさん、桔梗小路へちょっと来てくれますか」と言いに来た。もう我慢ができず、「あとで行きます」と答え、トイレに駆け込んだのだった。

「お、遅くなって、申し訳ありません……急にお手洗いに行きたくなって……」

桔梗小路には、夢遊と京極社長。そして年配の男性が二人、それに見覚えのある女性が一人いた。その女性が、朱音の顔を見るなり、言った。

「あら、朱音ちゃんやないの？」

「は、はい……柳生様」

「そうか、あんたかいな」

朱音は驚いた。華道の家元の、柳生久美子だ。ついこの前、たくさんのお祝い事の品の注文をいただき、その手配の相談をさせていただいたばかりだったからだ。創家三百年の記念の引き出物だ。そんな大口の注文は、本部の営業部が行うはず。

なのになぜか京極社長から、「君が担当しなさい」と言われて、夢中で準備したのだった。

何かまた失敗をやらかしてしまったのだろうか。朱音は、身体がこわばった。

「ご、ごめんなさい、時間がなくて充分にできなくて……」

夢遊が、やさしく言う。

「そうやない、謝らんでもええ」

「え？」

「かんにんやで。叱ってるわけやないから、教えてな」

「は、はい」

みんなが朱音に注目した。

「この小路の両側の桔梗なぁ。さっきの雨でぐっしょり濡れてる。そやのに、飛び石に沿った、内側の一列の桔梗の花と葉っぱだけ、水滴が付いとらんのや。そんな不思議な雨の降り方があるわけない。……ということはや。誰かがその水滴、雨がやんだ後で拭いたとしか考えられへんのや」

「ご、ごめんなさい」

「何謝ってるんや。うちら感心してるんやで」

京極社長の方をチラリと向くと、「うんうん」とやさし気に頷くのが見えた。

朱音は少し、ほっとした。夢遊が尋ねる。

「いつの間に?」

朱音は、何が何やらわからないまま、小声で答えた。

「休憩中、急に雨が降り出したんです。そのうち、ゴーという大きな音が響いて土砂降りになって。さっき、飛び石を拭いたばかりなのに、タイミングが悪いなぁ〜って思っているうちに、雨がやみました。空は晴れて来たのに、今度は心の中がモヤモヤと曇って来ました。最初は自分でもよくわからなかったのですが、ハッと思い当たったんです。お客様がこの小路を歩かれたら、きっと足元が濡れてしまうに違いないって」

「ほほう……それで?」

夢遊は、じっと朱音を見つめている。

「急いでもう一度、倉庫に行って乾いた雑巾で、まず、石の上に溜まった雨水を吸い取りました。それから、桔梗の花と葉っぱの雫《しずく》を拭こうと思ったんですけど、地べたを拭いた雑巾では花が可哀そうだと思って……。汗を拭くために持ってきてたガーゼタオルとかハンカチとか、ポケットティッシュとか使って拭いたんですけど、とても全部は拭き取れなくて……それに、慌ててやったので、二本くらい花が傾いてしまいました。黙ってました。ご、ごめんなさい」

関川が、溜息をついて言う。

「これ、みんな一人で拭いたんかいな……なんていう娘や」

夢遊が、また尋ねた。

「斉藤……朱音さんいうたね。なんで、君はそういうことに気付けるんや？」

あまりにも真面目《まじめ》に問われて、朱音は返事に困ってしまった。

「なんでって……普通です。それより花、傾かせてしまって、庭師さんに叱られないでしょうか？」

「普通か〜。ふ、つ、う、なぁ〜」

「これは参りましたなぁ、素晴らしい社員をお持ちやなぁ、京極はん」

「関川市長、うちの社員をお褒めいただき、おおきに」

（え！　市長……？　そ、そう言えば見覚えがあるような気が）

するど、久美子が言う。

「うちは実は、わかってました」

「なんやて」

「朱音ちゃんは、そういう娘なんや」

「どういうことや？」

と尋ねる関川に、久美子は、

「内緒や。話も長《なご》うなるからなぁ。そやけど、前から目ぇつけてたんや、朱音ちゃんにはなぁ。それで、三百年記念の引き出物の担当してもろうてるんや」

今度は、夢遊が言う。

「実は、私、先ほどみなさまが、『誰がしたんや』『誰やろ』言うてはった時、朱音さんに違いない思うてたんです」

久美子が訊く。

「なんでやの？」

「朝方の話なんですけど、お手伝いしてくださった三人にイノダコーヒで、モーニングセットを食べてもらったんです。私も、少し遅れてイノダさんに向かったんですが、途中の道で入れ違いになりました。ゆっくり一人でコーヒー飲んで、気ぃ落ち着かせよう思うてたら、朱音さんが一人で店に戻って来たんです」

全員が夢遊の話の続きを、食い入るように聞いている。

「会計のレジの前で、朱音さんがなんや謝ってはる。ペコペコ頭を下げて。妙やなぁ、思うてたら、近くに座っていた紳士が彼女に話し掛け、自分の名刺を渡したんです。どうにも気になりましてねぇ。その紳士の顔にちょっと見覚えがありまして、朱音さんが帰った後で、紳士に声を掛けて尋ねたんです。するとですねぇ……」

みんな、まるでミステリーの謎解きのように耳を傾けている。

「朱音さんは料理を残してしまったことを謝りに戻ったそうなんです。それでレジの女性に『明智様にご馳走になった朝ごはん、ほとんど手も付けず残してしまいました。気分が悪くて、食欲が無くて。作ってくださった厨房の方に、ごめんなさいってお伝えいただけますか？』と、伝言を頼んだそうです。それをそばで聞いていた紳士は、感心してしまったそうなのです」

「紳士、紳士て、夢遊はん思わせぶりやなぁ。どなたはんやの？」

と、久美子が夢遊に尋ねる。すると夢遊は、朱音に促した。

「その名刺、今、持ってはるか？」

朱音は、びくびくしつつ「はい」と答えて、肩掛けのポーチから取り出して見せた。全員がのぞき込む。最初に、久美子が声を上げた。

「猿丸《さるまる》はんやないの！」

夢遊が話を続ける。

「そうなんです。名門・東京クラシックホテルの猿丸総支配人です。猿丸さんは、こう言わはりました。『今どき、料理残す人は珍しくない。なのにこれほど丁寧に詫《わ》びる人を見るのは珍しい。記憶では一人だけです』って」

関川が訊く。

「それは誰やって？」

夢遊は答えた。

「松下幸之助《まつしたこうのすけ》はんやそうです」

「ほほう」

と、また全員が声を合わせて感嘆した。

「猿丸はんは、『ぜひ今度うちのホテルへ遊びに来なさい。好きなものなんでもご馳走するから』と、名刺を朱音さんに渡したそうです」

朱音はみんなが何を感心しているのか理解できず、強く否定した。

「そんなん、お上手言われただけです。普通のことですから」

関川が、今度はやさしく尋ねた。

「さっきから、『普通、普通』言わはるけど、誰に教えてもろうたんや」

「え？……お婆ちゃんが口癖みたいに」

関川は微笑みながら、朱音の方へと進み出て言う。

「そうかお婆ちゃんかいな。こないに一つひとつ、拭いて回ってほんまご苦労様」

「は、はい……い、いいえ」

「あのな、朱音ちゃん言うたな。あんた彼氏はいるんかいな」

朱音は、「彼氏」という一言を耳にしただけで、頬が赤くなった。

「い、いません」

これをドギマギというのだろうか。関川が真顔で言う。

「うちの息子の嫁になってくれへんか？」

その時だった。柳生久美子が、右手をパッと関川の前に差し出して、

「あかん、あかん、あきまへん。この娘は、うちが先に見初めたんや。もううちの孫の嫁にて決めてるさかい」

京極が困り顔で言う。

「そんな約束したんかいな、朱音君」

「い、いいえ……」

「柳生さんのとこのお孫さん、まだ成人もしてへんやろ」

若王子副店長と二階堂の二人が、ポカンと口を開けているのが見えた。

グ～

朱音のお腹が鳴った。それもかなり大きい。

グ～グ～

また二回。（恥ずかしい～）朱音は、顔が真っ赤になった。逃げ出したいほどに。

一瞬、桔梗小路は静かになった。

そして、みんな大笑い。朱音は、ますます小さくなり、ペコペコ頭を下げて、

「ごめんなさい、ごめんなさい」

と、繰り返した。

その笑いの渦《うず》の中、夢遊が朱音に言った。一人、真剣だ。

「今度、私とお茶に付き合ってもらえませんか？」

笑いは、一瞬にして静寂に戻った。

「わ、わたし……茶道は新人研修の時に、一度習ったきりで……」

「違う違う。お茶いうんは、カフェのことや。二人で、抹茶のスイーツ巡りでもせーへんか？　言うてるんや」

「あかんで、あかん！　惚《ほ》れたらあかん」

と声を上げた久美子の着物の袖を、関川が引っ張った。夢遊が久美子に答えた。

「もう遅いみたいです」

夢遊は、すぐそばの桔梗の花を一輪手折《たお》り、朱音の髪に挿した。

「ええやろ」

朱音は顔から火が出そうで、ボーッとしてしまった。

朱音の熱くなった頬をフッと撫《な》でるように、桔梗小路を一陣の風が渡った。

一斉に、桔梗の花が、謡《うた》うように揺れた。

第四話　告げられぬ想いの募る夏の夕

「どないしたんや、美都子《みつこ》ちゃん」

美都子は、ハッとして両手で口をふさいだ。

（恥ずかしいとこ見られてしもうた）

顔が赤くなる。

「ええなぁ、美人は何しても得や。そんな艶《つや》っぽい欠伸《あくび》でけるもんは、この祇園《ぎおん》でもそうそうはおらへんで」

「からかわんといてください」

美都子は、観光客の行き交う花見小路《はなみこうじ》で、満福院《まんぷくいん》の住職・隠源《いんげん》にばったり鉢合《はちあ》わせした。息子で副住職の隠善《いんぜん》も一緒だ。

「なんや、仕事忙しいんかいな」

「へえ、天龍寺《てんりゆうじ》にご案内したお客様が、ガッカリされて。夕方やったから、もう蓮《はす》がしぼんでしもうてて」

「そりゃそうや」

「それで『蓮は、朝一番に行かなあきまへん。昼には花は閉じてしまうさかい』と言うたら、『朝食前に連れてって！』て頼まれて、法金剛院《ほうこんごういん》へご案内したんどす」

「それは難儀なことやなぁ。美都子ちゃんは、まだ、朝は苦手なんかいな」

「へえ。芸妓《げいこ》やめてタクシードライバーになって、もう十年以上も経ついうんに、宵《よい》っ張りの癖が抜けへんで、早起きは苦手なんどす」

法金剛院は、妙心寺《みようしんじ》近くの律宗《りつしゆう》の寺院《じいん》である。

「蓮の寺」とも称され、七月から八月にかけて極楽浄土を模した庭園に、さまざまな種類の蓮が池一面に咲き誇る。そのため、蓮の見頃の時期は、午前七時に開門する。美都子は、まだ日の出前の時間に起床。六時に鴨川《かもがわ》沿いのホテルへお迎えに上がり、寺門の前で開門を待っていたのだ。

「おかげさんで、ええ花が見られました」

「ところで、その三條若狭屋《さんじようわかさや》さんの袋ん中、『ちご餅』かいな」

「目ざといわぁ。もうすぐ山鉾巡行《やまほこじゆんこう》やさかいに買《こ》うてきたんどす」

祇園祭のメインイベント、山鉾巡行の先頭を行くのは、古来、長刀鉾《なぎなたほこ》と決められている。その長刀鉾に乗って神様の使いとして、結界を切るという大役《たいやく》を務める子どもを「稚児《ちご》」と呼ぶ。「祇園ちご餅」は、その稚児に名前のゆかりを持つ。白味噌《みそ》を甘く炊いたものを求肥《ぎゆうひ》で包み、細かな氷餅をまぶして竹串にさしてある。祇園祭に各山鉾町で授与される「厄除《やくよ》け粽《ちまき》」に似せたパッケージになっている。

「そうや、もも吉庵《きちあん》で一本いただいてもええか？　麩《ふ》もちぜんざいとセットでなぁ」

「おやじ！　帰って法要の支度せんとあかんやろ！　それに高倉先生《たかくらセンセ》に、甘いもん控えるように言われてるやないか」

高倉先生《センセ》とは、隠源の主治医であり総合病院の院長だ。隠源は血糖値が高いらしい。

「ああ〜、うるさいうるさい。もも吉庵行くでぇ」

隠善が引き留める間もなく、隠源は弾むように法衣《ほうえ》を揺らして歩き始めた。まるで、おやつを楽しみに学校から帰る子どものように見えた。

「善坊《よしぼう》も一緒にどう？」

と美都子が誘うと、

「僕は仕事が……いや、美都子姉ちゃんが言うなら……行こかな」

「行こ行こ」

「それからなぁ。いつも言うてるけどな、その善坊言うのやめてくれへんか」

「なんでやの、善坊は善坊やないか」

隠善は、美都子の四つ年下。幼い頃、近所の子らと一緒に遊ぶ時、一番後ろから付いてきた。善坊がいじめられぬよう面倒をみたものだ。その関係が、今でもずっと続いている。善坊とは俗名の「善男《よしお》」からきている。それでも、誰か周りに人がいる時には、「隠善さん」とか「副住職」と呼ぶように気遣いはしている。

「あのなー」

「わかったわかった。さあ、行こ。善男ちゃん」

　隠善が二人の後に続いて、一番最後にもも吉庵に入ると、

「ミャウ〜」

　と、丸椅子で眠っていたおジャコちゃんが、隠善の足元にすり寄って来た。

「なんやなんや。お前は女の子にはからきしやのに、猫にはモテるんやなぁ」

　と、先にL字型のカウンターの一番奥の定位置に陣取った隠源が言う。

　隠善は、ニコリともせず、懐から包みを取り出した。

「これや、これ。これがお目当てなんや」

　先ほど、檀家《だんか》である料亭の女将《おかみ》から「ちりめんじゃこ」をもらったのだ。板場ではなく、女将さんが自ら炊いたもので花街《かがい》の隠れた逸品だ。

「なんや、お前がモテたんはそのせいかいな」

「おジャコちゃん、かんにんや。これな、山椒《さんしょう》の実が入っててあかんのや」

　と、隠善はしゃがんでおジャコちゃんの頭を撫《な》でて謝る。それを見て、もも吉が、

「おジャコちゃん、待っとき」

と奥から小袋を持って来た。小皿に盛ったのはおぼろ昆布《こんぶ》だ。隠源が声を上げた。

「なんやそれ、千波《ちなみ》って書いてあるやないか」

「千波」は、京の台所と呼ばれる錦市場《にしきいちば》の昆布佃煮《つくだに》専門店だ。

「いろいろある中でも、最高級の上白おぼろ昆布や」

「な、なんやてー。うちらの口にもめったに入らんものやないか」

おジャコちゃんは、大のグルメ。安物など「猫跨《また》ぎ」してしまうのだ。隠源が、

「人間やったら、さしずめ友禅のお着物着《べべ》てるってところなんやろうなぁ」

と羨《うらや》ましそうに見つめる。

「そうや、そうや。奈々江《ななえ》ちゃんの着物と帯が出来上がって来たんや」

と、もも吉。隠源が、しみじみと言う。

「よう辛抱したなぁ、奈々江ちゃん。ご両親や妹さん亡くして、とうとうお爺《じい》ちゃんまでなぁ。そやけど、お店出し決まったんは、ついこの前のことやないか」

美都子が、もも吉の代わりに隠源と隠善に説明する。

「琴子《ことこ》お母さんがな、奈々江ちゃんはいろいろあったけど、必ず苦労を乗り越えられると信じてはってなぁ。何より、芸妓《げいこ》・舞妓《まいこ》の本分の踊りが上手《じょうず》や。そやから、

井上《いのうえ》先生のお店出しのお許しが出る前から、着物を誂《あつら》える支度をしてはったんや」

井上先生とは、舞の師匠・井上八千代《やちよ》家元のことだ。舞妓としてお座敷に上がることを「お店出し」という。それには家元のお許しがいる。もも吉が、続けて言う。

「琴子ちゃんと相談してなぁ。差し出がましいようやけど、うちが着物と帯を誂えさせてもらうことにしたんや。東北からこの祇園へ来た時から、ずっと気にかけてるさかい、なんや自分の娘みたいな気がするんや」

琴子とは、奈々江のいる屋形の女将だ。また隠源がわざとらしく茶々を入れる。

「孫の間違いやろ」

キッともも吉が睨《にら》むと、隠源がわざとらしく縮み上がった。

「あんたらも、着物見てみるか？　よかったら、奥へ上がりなはれ」

京の着倒れという。もも吉の着物好きは花街で知らぬ者はいない。今日のいで立ちも見事だ。夏塩沢《なつしおざわ》の着物に薄い紺地の花火柄の帯。それに薄水色《うすみず》の帯締めをしている。いかにも涼しげだ。隠源が訊《き》く。

「う〜ん、麩もちぜんざいも早よ食べたいけど、着物も見たいなぁ」

「ほんまキレイなんよ」

と、美都子も勧める。

「ぜんざいは、後で作ったるさかい」

「よし！　ほなら見せてもらうわ」

隠源は、珍しくやさしい口調のもも吉の気が変わらぬうちにと、細い廊下を伝い、奥の間へと向かった。

「なんや、お前は見とうないんか？」

「僕は、やめとくわ」

隠善は答える。

「なんでや」

「奈々江ちゃんがちゃんとデビューしてから、着てるところ見たいさかいになぁ」

そうは答えたものの、実は隠善の本心は違った。どんな着物か帯か、見てみたいに決まっている。でも、それより大切なことがある。よく顔を合わせはするものの、美都子と二人きりで会うことはめったにない。今日こそがチャンス！　と思ったのだ。

このところ、日に日に、美都子への想いが募って仕方がない。修行に明け暮れているから、たいていの煩悩《ぼんのう》は、断ち切ることも難しくはない。だが、これだけは難儀だった。隠善は、大学時代まで、ほとんど恋愛を経験したことがない。そのうえ、卒業後すぐに仏門に入ったので、相手にどう気持ちを伝えたらいいのかわからないのだ。

（もしフラれたらどないしよう）

（笑われるんやないか……それどころか、相手にもされへんかったら）

それはまるで中学生のようだった。

いつから、美都子に恋心を抱くようになったのだろう。幼い頃から、町内の子たちと遊ぶ時、すぐそばに美都子がいた。イジメられそうになるといつもかばってくれた。だから、一人っ子の自分にとっては、「お姉ちゃん」のような存在だった。

美都子は中学を卒業すると、屋形で仕込みさんになった。そして、一年を待たず舞妓デビュー。一緒に遊んでいた幼馴染《おさななじ》みのみんなも、それが当たり前のことと、なんの違和感もなく受け入れた。

ただ、善男は子どもながら、なぜか淋《さび》しい気がしてならなかった。小さい頃の年齢ひとつの差は大きい。善男より四つ年上。さらに女の子は心が早く大人になる。初めて美都子の舞妓姿を見た時、遠い世界の人になってしまったような気がした。

美都子はその後、芸妓になった。同じ街に住んでいるので、時おり顔を合わせておしゃべりもする。でも、お座敷ではなかなか呼べないほどの人気No.1だという。そんな相手に「恋」をしても仕方がないことはわかっていた。きっとどこか有名な役者さんとでも結婚するのだろう。それとも、料亭に嫁いで女将業にでも転身するのか。いや、入り婿《むこ》をもらって、母親のお茶屋を継ぐのかもしれない。いずれにしても、雲の上以上の存在。別世界の人間だと思っていた。ところが……。

長い禅の修行から帰ってくると、美都子はタクシードライバーになっているという。これには啞然《あぜん》とした。何があったのかわからない。ただ、美都子が芸妓をやめたことで、心の中の「想い」に再び、火が点《つ》いた。

（それなら……うちの寺に嫁に来てもらうことも夢物語ではないんやないか）

などと。父親の隠源は何も言わないが、最近は親戚がうるさい。

「縁談ならある。早《はよ》う結婚して子ども作らんと、寺出ていかなあかんようになるで」

寺は預かりものだ。跡継ぎが途絶えれば、住み続けることはできない。そんなことは百も承知だ。でも、好きな人がいるのに、お見合いをする気にもなれない。

店のカウンターには、一つ席を置いて美都子と二人きりになった。

奥の居間から「キレイやなぁ」と、隠源の必要以上に大きな声が聞こえてくる。

「あのな、美都子姉ちゃん」

隠善は、清水《きよみず》の舞台、いや、京都タワーの上から飛び降りる心持ちで意を決して言った。

「話があるんや」

（あかん、次の言葉が出てこん）

もも吉と隠源が戻って来る前に言わなければ……。しかし、いったい、自分はいつから美都子のことが好きになったのだろうか。

隠善はおぼろげながら、中学二年の「あの日」のことが蘇って来た。


美都子は、「これはあかん。困ったなぁ」と思っていた。

もちろん、口には出さない。顔つきも変わらない。どうも、眼の前の隠善が、もじもじとして「何か」言おうとしている。

（聞かんでもわかる。善坊、うちに、告白するつもりや）

美都子は、隠善が自分のことを想ってくれていることは、ずいぶん前から感じていた。隠善が修行を終えて満福院に戻ってすぐのことだ。昔のように「からかう」と、妙に怒るのだ。

最近、思う。ずっと「弟」だと思ってきたが、隠善は「ええ男はん」になった。好意を持たれて悪い気はしない。お座敷では、大勢の男はんから言い寄られた。大金持ちもいたし、芸能の世界の有名人もいた。だから、自《おの》ずと人を見る目が養われたと思う。お金でも地位でもない。人の魅力とは、それ以外のところにある。

隠善は、まだ三十半ばだが、厳しい禅門の修行を積んできた。そのため、人間なら誰もが持つ「欲」や「こだわり」を手放しているのがわかる。俗世間で生きている美都子には、それが新鮮で眩《まぶ》しく見えて仕方がない。

尊敬すらしている。濁《にご》りとか邪《よこしま》な心を持ち合わせない真面目《まじめ》な人柄。まっすぐで澄んだ瞳。お座敷で数多《あまた》の男性に口説かれては容易にいなして来た。だが、隠善のことを「好きか、嫌いか」と問われれば、返事に窮してしまう。

（困る、困る）

こういうピュアな心の男はんにはめっぽう弱い。でも、今まで隠善を「弟」としか考えたことがない。今告白されてもかなわない。もう逃げ出したい気分だ。

隠善といえば……。美都子は、ふと思い出した。もう遥《はる》か昔のこと。事件というか、やきもきさせられたことがあった。あれは、自分が舞妓になって三年目を迎えようとした早春のこと。隠善がたしか中学二年の「ある日」のことだ。

善男は中学時代、部活の剣道と勉強だけで、それ以外にはまったく興味のない日々を送っていた。成績優秀で、「真面目を絵に描いたような奴」だと担任の先生から言われた。テレビもほとんど見ないから、特に好きなアイドルもいない。クラスメイトからは、変人のように扱われていた。「さすが坊さんの子や」と、呆《あき》れられもした。当時は赤面症で、人前で話すのが苦手だった。頭の中には、言いたいことがいっぱい。しかし、それが口に出て来ないのだった。

そんな善男は、大人になれば満福院を継ぐものと決めていた。両親に言われたわけではない。ここ京都という町に住んでいるからでもない。お寺に生まれた宿命だと疑いもしなかった。隠源は、尊敬できる父親だった。ときどき、ふざけてハメをはずすこともあるが、その陽気な性格も好きだった。自分ももう少し、見習いたいと思っていた。

だが……。

中学二年のある日、それが一変する出来事が起きた。

対外試合が近くなり、土日に学校で一泊の合宿をすることになった。同じ釜のメシを食べて、団結を深めようという伝統行事だった。早朝に家を出て練習に参加。その後、みんなで昼ご飯を食べている時に、忘れ物に気が付いた。下着のパンツだ。母親が洗濯して「忘れないようにね」と、ベッドの上に置いておいてくれたのを、カバンに入れ忘れたのだ。

午後の練習まで、休憩時間がある。充分に間に合う。善男は、家まで自転車を飛ばした。

「忘れ物をした」なんて、父親にわかったら怒鳴られるに違いない。こっそりと、駐車場のある裏門から忍び込むように家の中に入った。自分の部屋からパンツをコンビニのレジ袋に入れて、そっと抜け出そうとした。

その時、居間から声が聞こえてきた。父親の隠源だ。

「かんにんや、お前には頭が上がらん」

「なに言うてますの、あんた」

いつもは、威厳のある父が、なぜか母に謝っているらしい。

善男は、柱の陰で聞き耳を立てた。

「あんたにとっては、善男とおんなじように大事な子どもやないの」

「そやけど、その子にわてはなんもしてやれんのが辛《つろ》うて」

「それでも、立派に育ちはったやないの」

「それはもう……」

(え!? ……どういうことや)

善男は、頭の中が真っ白になった。「その子」とは誰のことだ。

（立派に育った？）

自分のほかに、父親には子どもがいるということか。さらに両親の会話は続いた。

「そやけど、善男には少しも似とらへんなぁ」

「母親似なんかな？」

「それも似とらへん。お婆《ばあ》ちゃんの血ぃ、よう引いとるんやないやろうか」

間違いない。父親は、どこかに女がいて、子どもがいるのだ。そして、そして……なんと母はそのことを承知している。

「ええか、千代《ちよ》。死ぬまで善男には内緒《ないしょ》やで、ええな」

「心得てます、あんた」

愛人？　それとも……？　時代はともあれ、商家の旦那衆や、政治家ならありうるかもしれない。だが、父は仏門に帰依《きえ》した者。それは、仏の教えに反するのではないか。

（まさか、よく行く先斗町《ぽんとちょう》のクラブで浮気したんやないやろうな）

善男は、頭の中がぐるぐると回り、気付くと中学に戻っていた。午後の練習にも気が入らない。監督に叱られどおしだった。当然、対外試合の結果もさんざんだった。

それから善男は、何日も悶々《もんもん》として暮らした。父と母の顔をまともに見られない。すれ違ったどこかの母娘が、「隠し事したらあかん」と言うのを耳にして、「隠し子」と聞き間違えてドキッとしたこともあった。

そして、ある日のことだった。学校の帰りに文房具屋さんへ立ち寄った。いつも行く「マル京」という小さな店だ。ここは、芸妓さんや舞妓さんが使う千社札《せんじゃふだ》やちり紙など、花街御用達《ごようたし》の伝統的なものも扱う特別なお店だ。

ここでまた、先日の両親の話を思い出してしまった。

「その子」

いったいどんな子なんだろう。自分よりも年上？　年下？　男か女か。悶々《もんもん》としているうちに、自分の部屋に帰って来ていた。

これではダメだ。もうすぐテストじゃないか。勉強しようと、カバンを開けると、見慣れぬものが入っている。蛍光カラーペンの五本セット。たしかさっきも「マル京」さんで手に取ったことは覚えている。でも……お金を払った記憶がない。

善男は血の気が引いた。

（え？　なんでや……ま、万引きしてしもうた）

美都子の舞妓の芸名は、「もも也《や》」。

母親の「もも吉」の流れを汲《く》んでいる。

いつのことかわからないが、ゆくゆくは家業を継ぎ、自分もお茶屋の女将になるのが運命だと思っている。もも也は、新しい千社札を拵《こしら》えてもらおうと、「マル京」に来ていた。

店主のお父さんは、とてもやさしい。幼い頃から可愛がってくれた。目的は、別にあった。悩み事を聞いてもらいたかったのだ。花街の誰もが言う。

「ええなぁ、美都子ちゃんは。もも吉お母さんに何でも教《おせ》えてもらえて」

と。

とんでもない。教えてもらえるどころか、叱られてばかりだ。踊りのこと、立ち居振舞いのこと……顔を合わせるたびにお小言をもらう。今は、もも吉が女将を務めるお茶屋を離れて、屋形と呼ばれる置屋《おきや》「浜《はま》ふく」でお世話になっている。その女将の琴子お母さんが、これまた厳しい。他の舞妓には、本当に手取り足取りやさしく教えるのに、美都子にだけ、

「なんやの、しっかりしなはれ！」

と、言い放つように叱る。他の芸妓・舞妓たちからも「もも也ちゃんだけ可哀《かわい》そ

うやわぁ」と同情されるほどだ。

訳は知っている。もも吉が琴子に「甘やかさんよう、厳しゅうしてや」と頼んでいるからだ。一日に何度叱られることか。好きで入ったこの道だ。弱音は吐きたくない。でも、泣きたい日もある。「そこまで厳しゅうせんでもええやないの」と、枕を濡らしたこともある。一瞬でも息をつく暇《ひま》もないのだ。その厳しさが「愛情」だとわかっていても、辛かった。

そんな時、いつも話を聞いてくれるのが、「マル京」のお父さんだった。美都子だけではない。舞妓になるための修業中の仕込みさんや、舞妓・芸妓も悩み事があると聞いてもらいに行く。

奥の居間に続く上《あ》がり框《かまち》に腰掛けて、千社札の図案集を見ながら、お父さんとおしゃべりしていた。悩み事をどのタイミングで話そうかと思いつつ、なかなか切り出せない。強気でプライドが高い自分の性格が、こんな時、嫌になった。

その時だった。

店の方に人影が見えた。

それは、満福院の善男。学生服を着てカバンを持っている。

「あっ」

もも也は、自分の口をふさぎ、声が漏れないようにした。善男の手がパッとポチ袋に伸びたかと思ったら、それを上着のポケットに仕舞いこんだのだ。

「マル京」のお父さんと眼が合った。お父さんが言う。

「見てしもうたんやな」

もも也は、こくりと頷《うなず》いた。

「あのなぁ、わても悩んでるんや。これな、初めてのことやないんや」

「え？」

「うん、三度目なんや」

「最初は蛍光カラーペンのセットやった。翌日にな、また善男君やって来てな。謝りに来たんやと思うて、ホッとしたら、今度はノートが二冊無《の》うなっているんや。可愛《かわい》いうさぎの絵の入ったやつや。どないするんや、ええ男の子がうさぎやなんて」

耳を疑った。何かの間違いではないのか。

「マル京」のお父さんの苦悩を、すぐに慮《おもんばか》ることができた。この狭い花街で、もし、息子が万引きをしていたなどということがわかったら、住職の隠源は辛い立場になる。檀家さんの信用を失う。道も歩けなくなる。それにしても、もも也にはどうしても理解できなかった。真面目一筋、コンコンチキの善男が万引きなんて……。

「わても悪いんや。気づいた日に、家まで行って『なんや、おしゃべりしてるうちにお互いに楽しゅうなって、代金もらうの忘れてしもうた』なんて、笑い飛ばすべきやった」

「お父さん……」

「わてもショックで、よっぽど動揺してたんやなぁ」

美都子は、悩んだ。なんとかしてやりたい。

「善坊は、うちの弟みたいなもんや。万引きするなんて信じられへん」

「わてもや」

「……お父さん、どないするん?」

「黙って見過ごすのは簡単や。そやけどなぁ。仏の顔も三度まで、いうことわざもある。もうあかん、次はその場で怒鳴りつけるか……。そやけど、叱って反対にグレたりして悪い方向に行ってしまうんも心配やしなぁ。隠源はんに報告するんは容易《たやす》いけど、火がついたように怒るに違いない。勘当《かんどう》にでもなったら気の毒や」

二人して、善男の出て行った入口を見つめた。

美都子は、溜息をつきつつ、喉元《のどもと》まで出かかった自分の悩み事を、グッと呑《の》み込んだ。

言いそびれてしまった。悩み事の相談にやって来て、もう一つ、悩み事が増えてしまった。

しまった。他人の心配どころではないというのが本音だ。その美都子の相談事というのは……。


　毎年、お正月が明けると、祇園甲部では「始業式」がある。芸妓・舞妓、祇園女子技芸学校の先生、そしてお茶屋の女将が勢揃いして、新年を祝う式典だ。芸妓・舞妓は正月用の稲穂の簪《かんざし》を髪につけ、黒紋付の正装。

「新年おめでとうさんどす」

「今年もよろしゅうお頼《たの》もうします」

　と挨拶が会場のあちらこちらで交わされる。

　この式典では、前の年の功績の表彰も行われる。もも也は今回、大いに期待していた。「売花奨励賞」で一等賞になることだ。

　お茶屋で芸妓・舞妓を呼んで遊ぶ際にかかる支払を「花代《はなだい》」という。一年間の花代の最も多かった者が、一等賞の表彰を受ける。これは、お座敷デビューを果たしたばかりの舞妓も、ベテランの芸妓も区別はない。プロ野球の選手が、ルーキーでも実力次第で三冠王を獲ることができるのと同じである。

　一昨年の春、もも也の名前をもらった美都子は、新人と思えぬほどお座敷から声がかかった。さすがに一年目ということもあり、賞を逃した。四月にお店出しししたので、お座敷に出る月数が少なかったのだ。

しかし、二年目の昨年は、これ以上頑張りようのないほど、頑張った。少しでも時間ができると、お茶屋の女将さんに挨拶に顔を出す。

「よろしゅうお頼もうします」

と繰り返す。幼い頃から、この祇園で育ってきたこともあり、どこも顔馴染みだ。お客様から「誰それ」と指名がなければ、一番にもも也を呼んでくれた。ご贔《ひい》屓《き》のお客様にも一瞬たりとも気を緩めない。「またよろしゅうお頼もうします」と、何度も何度もお願いする。芸妓・舞妓は、自分で自分を売り込むのだ。

もうこれ以上は頑張れない……というほど努力した。

それだけに、一等賞に及ばなかったことがショックだった。

幼い頃から、三味線《しゃみせん》も踊りもお姉さんたちに教わった。「浜ふく」で、舞妓になるための修業の「仕込みさん」になった時には、芸事はすでに一人前の域に達していて、祇園女子技芸学校では学ぶことがなかったほどだった。花街のサラブレッドとして育ち、デビューした時には将来№1を約束されたようなものだった。なのに……。

「うち、これ以上どないしたらええんや」

初めての挫折《ざせつ》だった。母親のもも吉は何も言わない。だが、答えがその顔に書かれてあるのがわかった。

「精進《しょうじん》が足りんのや」

屋形の琴子お母さんは、さらりと言う。

「また一年、お気張りやす」

一番近しい人に、この胸の苦しみをわかってもらえず、悶々とするのだった。

そんな中、もも也に映画出演の話が急に舞い込んだ。とは言っても、限りなくエキストラに近い端役《はやく》だ。この祇園甲部が撮影の舞台のため、主役がお座敷で遊ぶシーンがあるからだ。監督は、かつて時代劇で名を馳《は》せた名監督の藤間《ふじま》ハジメ。主演は、徳丸龍《とくまるりゅう》と東郷壬生郎《とうごうみぶろう》という二大スターだ。

実はこれも、もも也の普段の努力の賜物《たまもの》だった。幼い頃から可愛がってくれている藤間監督に、「うちも映画出てみたいわ〜」と言い続けて来たのだ。

いよいよ明日から、クランクイン。

もも也は、藤間監督にお座敷に呼ばれた。普通お座敷は、舞妓と芸妓、そして三味線の地方《じかた》芸妓の三人でひと揃いだ。しかし、この日は「撮影の打ち合わせもしたいから、ちょっと早めに来てくれ」と言われ、日の暮れる前に、もも也だけ先に出向いたのだった。

襖《ふすま》を開けると、舞妓にデビューしたばかりの時からご贔屓にしてくれている徳丸龍が一緒だった。徳丸の祖父は歌舞伎《かぶき》の名優だった。父は、歌舞伎界を飛び出し映画俳優になった。その血筋は争えず、息子三人も俳優になった。徳丸は、その三男だ。

「おお、美都子ちゃん、待ってたよ」

藤間は、もも也を今も、昔と同じように芸名でなく、名前で呼ぶ。もも也は、それが親しさの表れのようであり嬉しかった。もも也も甘えるように監督のことを「藤間のおじちゃん」と呼んでいる。

ところが、そう言ったきり、もも也の方を見向きもしない。二人は座敷机から離れ、畳の上に座布団も敷かず、胡坐《あぐら》をかいて差し向かいで話し込んでいる。

「心配やなあ～」

と、監督の藤間が腕組みをする。徳丸が答える。

「何度も言わせるな。俺に任せとけ」

「ああ、徳ちゃんのこと信じてる。頼むわ」

藤間は、両手で自分の頭をグルグルとかきむしった。何か相当ややこしい相談事をしているらしい。こういう時は、座をはずすのがいい。もも也は、気を利かせて、

「すんまへん、藤間のおじちゃん、廊下におりますから呼んでおくれやす」

「悪い悪い、美都子ちゃん」

藤間が、急に笑顔を作り、襖を閉めようとしたもも也を引き留める。徳丸も言う。

「別に内緒話じゃない。誰でも知ってることさ」

「そうそう、世間の人もみんな知ってる。気ぃなんか遣わんでもええ。中にお入り」

「へえ、おおきに」

部屋に入って隅に座ると、

「こっちへおいで」

と手招きされ、三人は顔を合わせて車座になった。

「他でもない。明日からの映画のな、もう一人の主役の東郷壬生郎のことや。週刊誌やテレビで耳に入ってるだろ」

それだけで、もも也は察したが、

「へえ」

とだけ曖昧《あいまい》に答えた。藤間は、「あらためて」という感じで話し始めた。

徳丸と同じく、東郷壬生郎も大スターだ。彼の出演作品は、国内だけでなく海外の映画祭でいくつも受賞している。「賞男」と呼ばれ、幾人ものプロデューサーから声がかかる。「賞」は興行に大きな影響があるからだ。

それに反し、監督からはめっぽう不評。演技の持論を振りかざして、台本にも演出にも口出しする。それも、「よい映画を作るため」の情熱と思えば、みんな我慢をする。だが、やっかいなことにプライドが猛烈に高く、常に自分が一番でなければ気が済まないのだ。

昨年もこんな事件が起きた。

完成試写会の舞台挨拶の時のことだ。たまたま一番大きな控室が、改修工事中で使用できなかった。そのため、二番目に広い控室を映画会社は東郷にあてた。東郷がトイレから戻ってくると、一番広い控室から出て来た共演女優と鉢合《はち》わせした。

「どういうことだ!」

と怒りだし、そのまま家に帰ってしまった。マネージャーが電話をしても出ない。主役不在のままイベントが始まり、会場のざわつきは最後までやまなかったという。実は……、共演女優は視力が悪くて「工事中」の張り紙が目に入らず、間違えて入ってしまっただけだった。

その他、「記者会見の席の順番が悪い」「ロケのホテルを自分だけ別にしろ」「撮影入りは、すべてが整ってから一番最後に入るから、スタッフ・出演者全員で拍手で迎えろ」など。要するに気位が高いうえに短気でわがままなのだ。

東郷は、十五歳でアイドルグループのメンバーとしてデビューした。曲はすべて一位になった。どこへ行っても騒がれる。もてはやされる。その若さでチヤホヤされれば、天狗《てんぐ》にならない方がおかしい。

ただ、演技の才能があったことは確かだった。初めて主演した映画で、年輩のファンも増やした。ますます人気に拍車がかかる。どの作品も、興行成績がいい。そうなると、もう誰も何も言えない。

藤間の話は、もも也が、テレビや週刊誌で知っていた「噂話《うわさ》」と寸分違《すんぶんたが》わずで驚いてしまった。

「それでな、徳ちゃんに上手くやってくれるように頼んでたんや」

「そうどしたか」

「任せとけって」

徳丸は、ドンッと胸を叩《たた》いた。

世間では、東郷と徳丸の二大スター共演ということで、前評判が高い。と同時に、二人がぶつかり合って、何かトラブルが起きるのではないかという「期待」？も広がっている。世間とはそういうものらしい。

その後、もも也の出番の打ち合わせをした。なんと、いくつかセリフがあるとのことで、びっくりしてしまった。でも、「おおきに」とか「お兄さん、お強いわぁ」「かんにんしておくれやす」など、普段使っている言葉ばかり。

藤間にビールを注ぎながら、

「ホッとしました」

と本音を言う。ところが……藤間がもも也に予想もしない言葉を掛けてきた。

「なんや悩みがあるんと違うか？　美都子ちゃん」

「え⁉」

もも也は驚いた。その通り。許されるなら、藤間に相談しようと思っていたのだ。

「わからはるの？　藤間のおじちゃん」

「幼稚園でおもらししてた頃からの付き合いやないか」

「いややわー」

もも也は、冗談と知りつつも顔が赤くなった。

「話してみい。相談できる人がおらへんのやろ、美都子ちゃんは強い子やから」

徳丸も促す。

「よかったら、俺も聞いてやるぜ」

「へえ……おおきに」

もも也は、心の中を吐き出すように、辛い気持ちを語った。

幼い頃から、この祇園で生まれて祇園で育ったこと。気が付いた時には、三味線を手にしていたこと。いつも身近にいるお姉さんたちに憧れて、自分も芸妓になると決めたこと。そして、これは誰にも口にしたことはない話。血のにじむほどお稽古に励んできたこと。お腹が痛くても平気な顔をしてお稽古に出掛ける。人の何倍も早く上達するため、寝る時間をギリギリまで減らして励んできたこと。泣きたい時には、こっそりと神社の社《やしろ》の裏で泣いたこと……。

そしてそして、これほど頑張ってきたにもかかわらず、一等賞を逃したこと。

「うち、これ以上、どないしたらええんか、わからへん」

話しながら、涙があふれてきてしまった。

人は、悩みを聞いてもらうだけで心が軽くなるという。もも也も、話し終えると不思議に胸の重みが半分ほどに減ったような気がした。

お座敷が、一瞬、静まり返った。藤間が言う。

「そんなの難しゅうない。美都子ちゃんなら一等賞獲れる」

「え？」

「嘘やない」

自分から相談したものの、そんなにも明確な答えが返ってくると思っていなかっただけに、ついついもも也は、問い返してしまった。

「ほんま？」

「ほんまや」

「どないしたら獲れるの？」

「あのな、美都子ちゃん。いつも『お気張りやす』って言うてるやろ？」

「へえ、花街の挨拶みたいなもんどす。お座敷に出掛ける時に『お気張りやす』、道端で知り合いに会《お》うて、別れる時にも『お気張りやす』て」

「それや、それ。それが一等賞獲れる秘訣《ひけつ》や」

藤間は、徳丸の方を向いて真面目な顔つきをして言った。

「徳ちゃん、美都子ちゃんにあの話をしてやってくれへんか」

「あの話って？」

と、もも也が訊く。徳丸は、それだけですぐに理解したようで、

「ああ、あの話か……いいぜ」

と答えた。そして、懐かし気に昔話を始めた。

「もう十年以上前だったなぁ、監督にもも吉お母さんを紹介してもらったのは」

そう切り出す徳丸に、藤間は、「うんうん」と頷く。もも也が小学一年か二年生の頃の話らしい。

「その頃なぁ、俺は腐ってた」

「え、腐る？」

「知ってると思うが、おやじは名優として知られた徳丸真一《しんいち》だ。事故で早くに死んでしまった。一番上の兄貴はおやじにそっくりの顔つきで、高校生ん時に映画に出た。二番目の兄貴も、続けてドラマで主役をやってなぁ。二人とも、華々しいデビューだった。あっという間にスターだ。すると、次は俺が引っ張り出された。自分の意思とは関わりなく。中学二年の時のことだ」

「どないな役どしたん？」

「ベストセラー青春小説の映画化だった。大ヒット間違いなしと言われてたのに……興行がコケてさ。そうなると、犯人探しが始まる。脚本が悪いのか、宣伝が下手だったのかってなぁ。結局、巷《ちまた》では、俺の演技のせいだと言われるようになった」

「そ、そんな……」

「兄貴たちと比べられて辛かった。お前だけ徳丸真一の血を引いてない、なんて言われたこともある」

「それでも、五年、十年と俳優を続けた。売れてる兄貴らと同じ事務所だからな。そう、事務所の力というやつだ。もっとも、主役なんてお呼びがかからない。脇役も脇役。セリフの少ないもんばっかりだ」

もも也は、そんなことをまったく知らなかった。テレビや映画で徳丸を見るようになった時には、既に大スターだったから。

「三十半ば。この世界で二十年。もう俳優をやめようと思った。それで、おやじのことをよく知っている監督に相談したんだ」

眼を向けられた藤間が、コクリと頷く。徳丸は話を続けた。

「監督はもも吉お母さんのお茶屋へ連れて行ってくれた。そこで、つい『なんで俺だけが……』と愚痴《ぐち》を吐いてしまった。するとな、もも吉お母さんにこう言われたんだ」

「え？　……なんて？」

「それは、あんたに足りひんもんがあるからやないですか、って」

「『足りないものってなんですか？』と、すがりつくように訊いた。すると、もも吉お母さん、『気張り方が足らんのやろうなあ』って。俺は言い返した。『充分頑張って来た。これ以上、頑張れん』ってな……。もも吉お母さんはまた言う。『ええか、徳丸はん、頑張ると気張るは違うんやで。頑張るいうんは、我を張ることや。つまり自分一人の頑張り、独りよがりのことや。対して、気張るいうんは、周りを気遣って張り切ることや。仕事は一人ではでけへん。周りの人たちを巻き込んで、助けたり助けられたりして、いろんな考えを一つにまとめて自分の力を発揮することや。特に、映画の世界はそうやないですか？　それがでけへんのに、しっぽを巻いて逃げ出さはるんかいな』」

藤間が、徳丸の肩を軽く小突《こづ》いた。

「徳ちゃん、その一言で変わったんや」

「どないなふうに変わったん？」

もも也は、興味津々《きょうみしんしん》で尋ねた。藤間が、徳丸の代わりに答える。

「コイツ、気張るようになったんや」

もも也は、どういうことか理解できないでいた。「お気張りやす」と、日に何度も言ったり言われたりする。でも、その意味など考えたこともなかった。「こんにちは」と特に何も考えず口にするのと同じ。あまりにも身近な言葉過ぎる。

「気張るとは、周りを気遣って張り切ること」……もも也は、母親が徳丸を諭したというその言葉を、心の中で何度も反芻《はんすう》した。

「気張るて……藤間のおじちゃん、うち、どないしたらええんやろう」

「美都子ちゃん、せっかく映画に出るんや。出番はまだ先やけど、明日、朝一番でロケを見学したらええ。徳ちゃんの芝居見て勉強しい」

「見たらわかるんどすか？」

「さてなぁ～」

と藤間は答える。徳丸はといえば……、何やらニヤニヤとするばかりだった。

祇園甲部《ぎおんこうぶ》の朝は、静かだ。

ほとんど人通りがなく、雀《すずめ》の鳴き声だけが軒下に響く。

今日は映画のクランクインで、早朝からロケが始まる。藤間組を出迎えようと、寝不足のまま起き出した舞妓や花街の人々が、撮影現場を見ようとして待ち構えていた。もも也もその中の一人。花見小路のしゃぶしゃぶの十二段家《じゅうにだんや》の角で、今か今かとロケバスの到着を待っていた。

ようやくバスが到着した。

次々と人が降りて来る。

後ろからついて来たバンから、スタッフがカメラやマイク、三脚などを下ろしていく。夕べから、祇園甲部一帯の小路には、「進入禁止」のロープが張られている。

花街全体がロケに使われるのだ。すぐさま、機材があちこちに設置されていく。あっと言う間に、太秦《うずまさ》の撮影所のようになった。

もも也は、この映画に出られるのだと思うと、わくわくしてきた。だが、まだ俳優陣の姿が見えない。このバスには乗っていなかったようだ。「なーんだ」という声が、遠くから聞こえた。もも也も、少しがっかりした。夕べは、藤間と徳丸のお座敷が引けたのが午後十一時。そのあと、「どうしても顔が見たい」とおっしゃってくださるお客様のお店に伺い、屋形に戻ったのが十二時半。眠りについたのは三時だ。

（せっかく早起きしたのに……）

と、欠伸を堪《こら》えたその時だった。

「美都子ちゃん」

「え⁉」

振り向くと、薄汚れた紺色のキャップを深々と被《かぶ》った中年男性が立っている。

「俺だ俺」

そう言われてやっとわかった。夕べ遅くまで一緒だった、徳丸ではないか。くすんだうぐいす色の作業服を着て、肩には大きな三脚を担いでいる。

「な、なんでやの？」

徳丸は、それに答えず、ニッコリ微笑《ほほえ》んで作業に戻った。厳寒というのに、額には汗が伝っている。また声を掛けられた。

「これを美都子ちゃんに見せたかったんや」

「え？」

振り向くと藤間監督が目の前に立っていた。

「けっこう映画界では有名なんやで。徳ちゃんのこと」

「有名て？」

「人気俳優なのに、朝一で現場に入る。それも、スタッフたちと一緒になって準備の手伝いをするんや」

「そんな俳優さん、聞いたことあらへん」

「俺もや。たぶん芸能界でも一人きりだろ。徳ちゃんはぼんぼん育ちや。家にはお手伝いさんが何人もおったそうや。炊事洗濯どころか、部屋の掃除すら一度もしたことがない。それがなぁ、もも吉お母さんから『気張る』いう話聞いてから、百八十度人間が変わったんや。自分の出番に余裕がある時は、こうして自分もスタッフの一員になるんや。撮影準備は猫の手も借りたいくらいに慌ただしいからなぁ」

徳丸に眼を向けると、

「お〜い、これはどこに持って行ったらいい？」

と声を張り上げていた。それに、スタジアムジャンパーを着た若い人が答える。

「徳丸さ〜ん、こっちへ置いてもらえますか？」

かなり大声で「徳丸」と叫んでいるのに、それがまさか大スターの徳丸のことだとは、ギャラリーの誰も思わないらしい。

「オッケー……お前らも気張って頼むぜ。忙しい時にはみんな一緒だ」

そう言われた若い男性三人が、徳丸と一緒に機材を運ぶ。

「あれは徳丸の付き人や。今では『気張る』いうんは徳ちゃんの口癖なんや」

もも也は、唖然として声も出なかった。

もも也の撮影の出番は、明日の夜だ。今日は日曜日で仕事はお休み。ずっと撮影の見学をすることができた。あまり見覚えのない俳優が演じるシーンを見て過ごす。

午後から、徳丸と東郷がからむ重要なシーンがあるらしい。徳丸は、近くの料亭の座敷を借りてメイクをしに行った。もうすぐお昼だ。もも也は、見るものすべてが初めてで、時の過ぎるのを忘れた。朝食も食べていないことに気付く。

ご飯を食べに屋形に戻ろうとした時だった。

ガチャーン！

その音に、休憩中のスタッフ全員が振り向いた。続けて、

「う～」

と唸《うな》り声が聞こえた。自転車と少年が横倒しになっている。上下とも白い制服にジャンパーを羽織っており、料理屋さんの追い回しのようだ。「追い回し」とは、板場で修業中の一番下っ端のこと。先輩に追い回されることから、そう呼ばれている。イガグリ頭でまだ幼さが残る。中学を卒業したばかりか。膝をしきりにさすっている。どうやら、大きなケガはしていないらしい。

それより、一目でたいへんなことが起きたとわかった。肩に担いで運んで来たいくつものお弁当が、周りに散乱しているのだ。よろよろと立ち上がったかと思うと、その場で泣き出してしまった。

「ううう、うううっ」

助監督が駆け寄る。

「吉音屋《よしねや》さんの人だね。ケガはないかい」

追い回しの子は、泣きながら答える。吉音屋は、祇園でも有名な仕出し専門の料理屋だ。お茶屋のお座敷の料理を担っている。

「は、はい……すんません。でも、お弁当……お弁当が……」

そこへ、年輩のスーツ姿のプロデューサーがやって来た。スタッフ数人と、頭を

突き合わせるようにして、話し合っている。「困ったな～」「間に合わん」「怒るぜ」と言う声が聞こえて来た。藤間監督もその輪に加わった。暗い空気が漂っているのがわかった。

心配になって、もも也がその輪に近づいたその時だった。

騒ぎを聞きつけた徳丸が、現れた。

「なんだなんだ～、騒々しい」

説明されるまでもなく、石畳に散らかっているお弁当を見て理解した様子。

「作り直してもらえばいいだろう」

「それが……徳ちゃん、まずいことになってさぁ」

そう言うのは、プロデューサーだ。

「あのお弁当、東郷さんのなんだよ。飛び切り高い特注メニュー。それと、東郷さんのメイクや付き人さんたちの分も。もうすぐ東郷さんたち、ホテルから到着するんだ。昼飯すぐに食べられるように用意しとけ、と言われてるんだ。今からじゃ間に合わん」

その会話を聞いて、追い回しの子がまた泣き出した。徳丸が言う。

「ちょうどいい、俺たちの分がさっき届いたところだ。たん熊《くま》さんのでもいいか」

たん熊本店か、それとも北店か。いずれも京料理の名店だ。

「え⁉　いいのか、徳ちゃん」

「俺も腹ペコで危うく箸《はし》を付けるところだった。何人分だ」

　助監督が答える。

「ええっと、特注が一つと、お付きさんの分の松花堂が五つです」

「おお、ちょうど一緒だ」

　スタッフの一人が、散らかったお弁当を片付け始めると、目の前のお茶屋から仕込みさんも出て来て、あっという間に石畳は元通りにキレイになった。徳丸がマネージャーの女性を呼ぶ。

「訳は聞いてたよな。俺たちの昼飯は、おにぎりで我慢してくれるか？」

「は、はい。もちろんです」

「そしたら、コンビニへ走ってくれ。できたら俺は、シャケと梅干な」

　聞くと同時に、マネージャーは駆けだした。

「それからな……」

　と、徳丸は急に小声になった。そして、プロデューサー、監督、助監督らの顔をぐるりと見回し、口元に人差し指を立てて言った。

「いいか、このことは内緒だ」

　みんなが頷いた。

無事、午後の撮影が終わった。

徳丸と東郷のメインのシーンも、長回しのワンカットにもかかわらず、一発で監督のオーケーが出た。その後の、暮れかかる花街の撮影もうまくいったようだ。

もも也は思った。

現場の空気がとてもいい。

それは、うまく盛り上がった時のお座敷と同じ。気配りのできる人たちが集《つど》うと、場が温かくなる。きっと、徳丸の気遣いのおかげに違いない。

慌ただしく、撮影機材が撤収される。着替えを終えた徳丸が、料亭から出てきた。また作業着姿だ。すぐ近くに置いてある大きな脚立をヨイショッと持ち上げ、車へと歩き出した時だった。

「おい！　徳丸よー」

その声は東郷だった。

何やら低く、ドスの利いた感じがした。そう思ったのは、もも也だけではないらしい。スタッフ全員に緊張感が走った。のそり、のそり。まるで、江戸時代の傾奇《かぶき》者《もの》を演じているように見えた。

「おい、ちょっと待て、徳丸さんよ」

重い声が石畳に響く。振り向いた徳丸は、構えるでもなく普段の声で答える。

「何か用か？　東郷さん」

「おう、用があるから呼んだんだ」

そう言うと、東郷はズンズンッと徳丸の元まで歩幅大きく近寄った。その場には、十名以上がいただろう。全員が、

「あっ」

と声を発した。次の瞬間、東郷が右手を上げて、徳丸に拳を見舞おうとしたからだ。

もも也は、思わず眼をつむってしまった。一瞬の後、恐々《こわごわ》と瞳を開ける。すると、東郷の拳はパーに開かれ、徳丸の頰《ほお》をやさしく撫《な》でていた。徳丸はその間、ぴくりとも動かない。瞳も見開いたままだ。

「どうしたんだ？　東郷さん」

東郷が、にやりとして、

「おかしいなぁ。こんな寒い時期に、蚊がお前の頰っぺたに止まってたんだ」

と言い、自分の掌を見つめた。

「それはかたじけない」

「いやいや、どうってことはござらぬ」

急に、二人は武家言葉を演じた。全員が息を呑《の》んで二人の様子を見守っている。

「もう行ってもよいでござるか。拙者《せっしゃ》はけっこう忙しいのだ」

そう言い、徳丸は再び、脚立を持って歩き出そうとした。

「おい、待て、徳丸よ～」

東郷が普段の言葉に戻り、徳丸の抱える脚立の一方に手を伸ばし摑《つか》んだ。

ホッとしたのも束の間、再びスタッフ全員に緊張が走った。

「お前ばっかりカッコつけるんじゃねぇ」

「む？」

「俺にも手伝わせろよ」

徳丸は、にやりと笑って答えた。

「おお、こいつは重てぇから助かる。じゃあ、そっちの端を持ってくれ」

「あいよ」

あちらこちらから、溜息が聞こえたように思えた。二歩、三歩と歩き始めて、再び、東郷が立ち止まる。前をゆく徳丸が振り返る。

「どうした？　東郷さんよ」

「言い忘れてたぜ。今日の昼は世話になったらしいなぁ。礼を言うぜ」

「ああ、なんでもない」

「ただな、一つ気に食わねえことがある」

「なんだよ」

「俺も、シャケと梅干のおにぎりが好物でな。明日は俺の分も買ってきてくれよ」

「あいよ」

と、徳丸は笑って答えた。そして二人は、どちらから先に言い出したでもなく、「エイホッエイホッ」と言い籠《かご》かきの真似をしてワゴンへと向かった。


それから二週間の後。

北野天満宮《きたのてんまんぐう》の梅が見頃になった。

そして、今日は、祇園甲部、花街ロケのクランクアップだ。無事にすべて終わったと聞いている。もちろん、もも也の出演シーンも含めて。

午後九時。もも也は、一軒目のお座敷がお開きになると、急に別のお茶屋から声がかかった。おこぼで、それとはわからないように速足で急ぐ。二階へと階段を上がると、お座敷の中が騒がしい。襖を開けて驚いた。「あの二人」が座ったまま肩を組んで歌っているではないか。

その一人、東郷が真っ赤な顔をして言う。

「遅いぞー」

「すんまへん」

東郷が、徳丸にとっくりで酌をする。

「もっと飲めよ～」

「おっ、零《こぼ》れる零れる」

もも也は思わず尋ねてしまった。

「お二人は仲良しなんどすか？」

東郷が、少し呂律《ろれつ》が怪しく答える。

「そうなんだ、俺たち同じ高校の同期なんだ。堀田《ほりた》学院の」

それは、芸能コースのあることで知られる私立高校だった。徳丸が続ける。

「壬生郎も俺も、あんまり授業出られなかったから、ほとんど顔を合わせることもなかった。クラスも違ったし、コイツはサボッて女の子と遊びまわってたしな」

すると、東郷が言い返す。

「お前こそ、保健の先生くどいてたろ。有名な話だ」

「なにをー！」

「もういっぺん歌うか！」

「歌うぞ～」

♪ひかり眩《まぶ》しき〜東雲《しののめ》の〜　はるか彼方《かなた》に〜富士の峰
　あ〜あ〜堀田〜

　もも也は少し嫉妬《しっと》した。

（ああ、男はん同士ってええなあ）

　幾度も、徳丸と東郷は肩を組んでは歌い、酒を酌《く》み交わしてはまた歌った。

　何度目かを歌い終わった時、急に東郷が、

「それじゃあ、俺はさらばじゃ」

　と言い、立ち上がった。

「なんだなんだ、朝まで飲むんじゃないのか」

「女一人に男二人はヤボというもんだ。この前の弁当のお返しだ。俺は借りは作らん主義だからな。もも也はお前に任せて、俺は消える……ヒック」

「何言ってんだ。先斗町のママんとこ行くんだろう」

「あはは、バレたか」

「そのくらいわかるぜ」

「でもな、俺も生涯に一度くらい、お前みたいに人に気ぃ遣ってみたかったんだよ。あばよ！」

　そう言い残すと、東郷は本当に帰ってしまった。

　お座敷に、徳丸と二人、取り残されたような気分になった。

「お水持ってきまひょか、徳丸さん」

「おお、頼む」

　徳丸はもも也の汲んできた水を飲み干すと、一つ溜息をついて真面目な顔つきになった。ついさっきまで、酔いつぶれそうだったのが嘘のようだ。

「もも也ちゃん、もうわかったよな……気張る、いうことがどんなことか」

「わかった……気がします」

　徳丸は、スターだからといって、驕《おご》りもせず腰も低い。それどころか、周りによく気遣いをする。さらに、プライドにこだわらない。いい映画を作るためなら、自分が二歩も三歩も譲ることさえいとわない。自分に欠けていたことばかりだ。

「なら、質問だ。どうしたら一等賞になれると思う？」

「……」

　それは、もも也がずっと知りたかったことだ。

「一等賞はなりたい人がなるんじゃない、自分で一等賞になるんでもない」

「え⁉」

「いいか、説教じみたこと口にするのは嫌いだから、二度と言わん。よく聞きな」

もも也は、徳丸を見つめた。

「一等賞っていうのは、みんなにしてもらうもんなんだ」

「あっ」と思った。

目からうろこが落ちるとはこのことだ。自分は、誰よりも努力してきた。でも、それは結局、独りよがりの「頑張り」に過ぎなかったのだ。

「人のことを気遣ったり、悩み事を聞いてあげたり、人のために尽くしてる人が、周りから感謝されて応援されて一等になるんだ。もっと言えば、自分のことは後回しということだ。グッと堪えて、自分のことより先に人のことを考えるんだ」

もも也は恥ずかしかった。人を掻《か》きわけ掻きわけ、上へ上へと目指して生きてきた。自分のことしか考えていなかった。

「俺もなぁ、こんなこと言える立場じゃない。端役しかもらえなくて、兄貴二人からも見下されて、もうこの世界から逃げ出そうと思った時……もも吉お母さんに『気張る』ということを教えてもらって心を入れ替えた」

「……」

「その時から、主役とか、いい役とかもらおうという気持ちを捨てたんだ」

「捨てた？」

「どんなに小さな役でも、与えられたことを一生懸命に演じることにした。でも、スタジオに行ってもどうせ暇だ。出演者全員の付き人みたいな気持ちで、みんなの役に立とうと思った。よくバカにされたよ。『徳丸真一の息子のくせにプライドがないのか』って。『落ちるところまで落ちたな』って言うやつもいた。それでもじっと我慢した。そうして、半年、一年、二年とやっているうちに、だんだんと大きな役を任されるようになったんだ。『あいつにやらせてみようか』ってな。それで、たまたま出た脇役で助演男優賞を受賞した。あとは不思議なことにトントン拍子だ」

もも也は、その後のことしか知らない。徳丸が、そんなに苦労していたとは……。

自分の悩みなど、なんと小さいことか。

徳丸の話を聞きながら、ふと、善男のことが頭に浮かんだ。そして、強く思った。

(なんとかしてやらなければ……)

徳丸が言った。

「大丈夫だ、もも也ちゃんならきっと一等賞になれる」

善男は、朝起きた時から決めていた。今日こそ、マル京のお父さんのところへ謝りに行こうと。今月分のお小遣いをもらったばかりだ。財布には、充分なお金が入っている。部活が終わると、お店へと急いだ。すると、お父さんが通りに出しているポチ袋や絵葉書のワゴンにハタキをかけているところだった。

駆け寄って声を掛ける。

勇気を出した。

「お父さん、かんにんしてください」

頭を下げる。マル京のお父さんは、普段と何も変わらない笑顔で振り向いた。

「どうしたんや、善男君」

「ぼ、僕……」

「……」

「万引きしてもうたんです」

「万引きやて？」

お父さんは、驚いた顔をした。どうも、蛍光カラーペンやノートを黙って持ち帰ったことを知らないらしい。善男は、ちょっとだけホッとした。でも、バレなければいいということではない。少し声を張り上げて言う。そうしないと、心が負けてしまいそうだったから。

「三回、万引きしました。これ、そのお金です。遅いかもしれませんが……」

　緊張しすぎて、差し出した手が震えている。だが、予想もしない言葉が……。

「万引きやて？　知らんなぁ」

「え？」

「お金はちゃんと、もらってるでぇ」

「そんなはずは……」

「いいや、ちゃんと別の人からもろてる」

「別の人？」

　どういうことだろう。善男は、頭の中が真っ白になった。

「美都子ちゃんから、一万円預かっとる。最近、善坊がよう勉強してる。文房具、うちがプレゼントするさかいに、欲しいもん好きなだけ渡してあげてなって」

「美都子姉ちゃんが……」

「そやから、万引きやないんや」

　善男は、ニコニコ微笑むお父さんの前で、茫然《ぼうぜん》として動くことができなかった。

もも也は悩んだ。どうしたら善男のことを、本人も周りも傷つけることなく解決できるだろうかと。しかし、所詮《しょせん》は自分も未成年の舞妓という修業の身だ。どうすることもできないながら、どう気張ったらいいかと考えた。

善男を、本当の弟だと思うことにした。すると、一つのことが心に湧いてきた。

「信じよう」

もう一度万引きしたら、今度は父親に知られることになる。マル京のお父さんも辛いに違いない。でも、きっと善男は後悔しているに違いない。今までのことをマル京のお父さんに詫びに行こうと悩んでいるはずだ。そう考えたら、自ずと答えが出た。万引きをした分、自分が立て替えることにしたのだ。

もし、これが裏目に出て、これからも善男が万引きを続けたらどうしよう。もっと、度を越した非行に走ったら……そう考えると不安が募った。いや、信じよう。善男は、真面目な子だ。うちが一番よく知っている。きっと、たまたま心を不安定にさせてしまった、何か深い訳があるに違いない。

「これでよかったんや」

美都子が、心の迷いと戦っているところへ、マル京のお父さんから電話があった。

「たった今や。善男君、謝りに来たでぇ。美都子ちゃんの言うたとおり話したで

「……」

「おおきに。それで？」

「えろう反省してるみたいやった」

「よかった～」

美都子は、善男を信じてよかったと胸を撫でおろした。

「きっと、そっちへ行くで。よろしゅう頼むわ」

「へえ、おおきに」

そうこうする間もなく、美都子の屋形「浜ふく」の玄関の呼び鈴が鳴った。呼ばれる前に、玄関へ出て上がり框で待ち構える。扉を開けると、やはり善男だ。

「あっ美都子姉ちゃん」

美都子は、もうすぐお座敷に出なければならない。支度を済ませた舞妓姿のまま、サンダルを履いて表に出て、扉を閉めた。「浜ふく」は、細い細い小路にある。車はもちろん、自転車さえ通るのが難儀な路地だ。めったに誰も通らない。

「なんや善坊、これからお座敷なんや」

「うん、わかってる。そやけど……」

「なんか用か？」

「あのな、あのな……おおきに」

美都子は、飛び切りの笑顔を作って答えてやった。

「なんのことやろなぁ」

「マル京のお父さんから聞いた。おおきに。言い訳なんやけどお姉ちゃんに聞いてほしいんや。僕、きっと悩んでボーッとしてたせいみたいなんや」

「悩んでるて？」

「あのな、あのな……うちのお父ちゃんとお母ちゃんの内緒話聞いてしもうたんや……」

「内緒話やて？」

「そうなんや。お父ちゃん、どこぞに女の人がいてるらしいんや。それだけやない。上か下かわからんけど、僕に兄弟がな……」

そういうことだったのか。善男が父親を尊敬していることはよく知っている。それだけに、さぞショックだったに違いない。美都子は、どう答えるべきか迷った。だが、つい本音が口から出てしまった。

「それがどないしたんや？」

「どないって……」

善男は、予想外の美都子の言葉に驚いているようだ。おそらく、同情して慰めてくれるとでも思っていたのだろう。美都子は、善男の言葉をピシャリと遮るように言った。

「うちなんか、お父ちゃんおらへんのや。その上、どこにいてるか、どこの誰かもわからへん。善坊は、お父ちゃんいてはるやないか」

善男の、ハッとした様子が見てとれた。その顔には、「まずいことを言ってしまった」と書いてあった。

「か、かんにん……お姉ちゃん」

「その上、一人っ子やと思うてたんが、兄弟ができたとしたら、そんな幸せなことないやないか」

善男は、意外な言葉に戸惑っているようだ。

「そやけど……お父ちゃん、他所《よそ》に女の人が……」

「それがどないしたいうんや。それに、内緒話の盗み聞きやろ。お父ちゃんとお母ちゃんに確かめたんか」

「……そないなこと、でけるわけない」

「せやろ、聞けるわけないわなぁ。善坊はお父ちゃん、信じてへんのか？」

「え？　……い、いや、信じてへんことは……ない」

「親のこと、信じられへんでどないするんや」

「う、うん」

「ええか、善坊。お父ちゃんもお母ちゃんも、内緒にする理由があるはずや。人は生きてたら、いろいろある。うちかて、人に言えん悩みがある。ただな……」

「なに？」

「うちは善坊のこと、信じとるさかい。あんたもお父ちゃんのこと信じてあげなはれ」

「おおきに、お姉ちゃん」

「あんたは真面目な子や。精進して、ええ男はんになりなはれ」

やさしく、やさしく、善男の本当の姉になったつもりで微笑みかけた。手をそっと握ってやる。

「ええ男はん？」

「そうや、ええ男はんや。周りの人を幸せにでけるええ男はんや」

「う、うん」

「お気張りやす」

頷く善男の瞳が潤むのがわかった。

美都子は思った。この子はもう大丈夫やと。

美都子は、「あの日」のことを昨日のことのように思い出した。

あれは、もも也を名乗って三年目を迎える春のことだった。

人生経験も乏しい子どもだったにもかかわらず、よくも大胆なことを考えたものだと、自分でも思う。善男をどうしたら救えるか。考えに考えた末の結論だった。

その肝にあったのは、「気張る」ことだ。おせっかいでもなく、正論を振りかざすのでもなく。すべてが丸《まある》く収まる術《すべ》はないだろうかと。一つの賭《か》けではあったが、善男は元の道に戻ってくれた。それも、俳優・徳丸龍のおかげだった。

それを機に美都子は、「一等賞になろう」と思わないように努めた。その甲斐《かい》あり、次の年の「始業式」では、見事に売花奨励賞で一等賞を受けることができた。

お茶屋の女将さんたちから、口々に言われた。

「もも也ちゃん、大化《おおば》けしたんと違う」

「別のお人みたいや」

「なんや自分のことほかして、後輩のお世話ばっかりしてはる」

お客様からも、

「気配り、気遣いいうたらもも也ちゃんや」

「美人で踊りがうまいだけやない」

と、ますます贔屓《ひいき》にされた。そしてその後、ずっと祇園甲部で名実ともに№1であり続けた。かといって母親のもも吉からは、一度も褒められたことはない。だが、それで反発したり落ち込んだりすることはなかった。反対に「もっと気張らんとあかん」と、精進を心掛けるエネルギーになった。

もうふた昔も前のことだ。美都子は、なんだか自分が滑稽《こっけい》でおかしくなってしまい、クスクスと思い出し笑いをしてしまった。

もも吉庵のカウンターで、先ほどから美都子と二人きり。

隠善は、もう心臓がバクバクして破裂しそうだった。

「話があるんや」

人が真面目に意を決し、告白しようと思っているのに……。美都子はなにやら思いを馳せて笑っているかに見えた。隠善は、美都子のその笑顔を見てはっきりと思い出した。いつから自分は、美都子のことが好きになったのかという問いに対する答えだ。

「あの日」の夕方、美都子に「うちは善坊のこと、信じとるさかい」と言われた時、初めて恋心を抱いたのだ。もちろん、淡い淡いほんのりとした恋だったが……。それが今では、心が焦げ付くような想いに膨らんでいる。

「美都子姉ちゃん、真面目な話なんや」

　隠善は、姿勢を正して言う。

「かんにん、かんにん、なんやの善坊」

「だから、善坊はやめて言うてるやろ。あのな……」

　そう口にしかけた瞬間、奥の間から隠源とも吉が戻って来た。

（しまった～、せっかくのチャンスやったのに遅かったかぁ）

　隠源が、隠善の顔つきからなにやら感じ取ったらしく言う。

「なんやなんやお前～、くそ真面目な顔して」

　隠善は、ドキッとして口を閉じた。心臓が激しく脈打つ。

「ひょっとして、美都子ちゃんくどいてたんと違うか？」

「な、な、なに言うんや、おやじ」

「好きなら好きと、早よ言わんと、誰かに盗られてまうで」

（そ、そ、それは俺が言わなあかんセリフや。おやじが言うてどうするんや！）

「ち、違うわ」（いや、違うことない。好きなんや）

「なんや、違うんかいな」

「い、いや、違うことないことない」（ああ～もう）

「はっきりせんなあ、どっちなんや！」

隠善は自分でも、顔が真っ赤になっていることがわかった。

「そやけどなぁ。美都子ちゃんは、祇園一、いや京都一のおなごや。お前には荷が重いでぇ。無理や無理や、やめときぃ」

気の毒に思ってくれたのか、もも吉が美都子の方を向いて言う。

「どうなんや、美都子は」

美都子は、にっこり微笑んで言った。

「へえ、隠善さん、ほんまにええ男はんにならはったなぁ」

(ええ男やて⁉ 俺が？ まさかお姉ちゃんも俺のこと……)

隠善は、のぼせて気が遠くなった。隠源が言う。

「元芸妓の言葉そのまま真に受けてどうするんや」

美都子は、口元に手を当て、

「うふふ」

と意味深に微笑んだ。

おジャコちゃんが不思議そうな顔をして、隠善と美都子を交互に見上げた。

第五話　大文字 舞妓姿を見せたくて

「あっ、奈々江《ななえ》ちゃん。お使いか？」

そう呼ばれて振り返ると、「マル京」のお父さんがニコニコ笑って立っていた。

「へえ、琴子《ことこ》お母さんのお使いどす」

「わても切手買いにな。台風が近づいてるせいか、むしむししてかなわんわ」

奈々江が声を掛けられたのは、四条通《しじょうどおり》から大和大路《やまとおおじ》を北へ上がったすぐ左手のところにある京都祇園《ぎおん》郵便局の真ん前だった。

水色の壁に、真っ赤な窓枠がくっきりと映える。京町家《きょうまちや》造りの伝統的な建物とはまた違い、レトロなデザインがノスタルジックな雰囲気を醸《かも》し出している。ぶらりと散策する観光客も、思わずスマホを構えて立ち止まる。

奈々江は、屋形《やかた》の琴子お母さんのお使いで、小包を出しに来たのだった。

「そうそう、このたびはおめでとうさん」

「おおきに、マル京のお父さん」

奈々江はめったに笑わない。お稽古《けいこ》やお手伝いの仕事のことで頭がいっぱいなのだ。しかし、「おめでとう」と言われて口元が緩んだ。お父さんが、すかさず、

「そうやそうや、もっと笑いなはれ。ええ笑顔や」

と褒めてくれた。そう言えばこの二年。祇園に来てほとんど笑った覚えがなかった。いや、それどころか、あの「大きな海」が、幸せをさらっていった日以来、心の底から笑ったことなど一度もないことに気付いた。

「よかったら、甘《あま》うて冷《ひ》やこいもん食べていかへんか？」

「へえ、おおきに……そやけど寄り道したら叱られます」

「前祝いのご馳走《ちそう》や。心配せんでもええ、琴子お母さんに電話しといてあげるさかい」

そう言うと、お父さんはスマホを取り出し、「浜《はま》ふく」に電話をかけてくれた。

「マル京」は、南座《みなみざ》の脇の大和大路を下がったところにある文房具店だ。ただの文房具店ではない。芸妓《げいこ》・舞妓《まいこ》がお座敷でお客様に渡す「千社札《せんじゃふだ》」を商《あきな》っている。歌舞伎《かぶき》俳優の御用達《ごようたし》でもある。その他、ちり紙やご祝儀のポチ袋、さらにお祝い事の際の熨斗袋《のしぶくろ》など、花街《かがい》の暮らしには欠かせない紙製品一切を扱っている。だから、「マル京」のお父さんは、祇園のほとんどの女将《おかみ》さんたちと親しいのだ。

奈々江が後ろをついて行くと、お父さんは「切通《きりとお》し進々堂《しんしんどう》」の前で立ち止まった。郵便局から目と鼻の先。奈々江の憧れの喫茶店だった。店先に置かれた冷蔵のショーケースには、いろとりどりの鮮やかなゼリーが並んでいる。

「好きなの選びぃ」

何度も店の前を通っている。でも、横目で「美味《おい》しそうやなぁ」とチラリと見て素通りするだけ。だから、食べるのは今日が初めてだ。

その名前がユニーク。例えば、「舞妓さん好み　あかい～のゼリー」。他に、「みどり～のゼリー」「きいろい～のゼリー」と三種あり、迷ってしまう。

「そないに迷うんやったら、三つとも食べたらよろしいがな」

「そないな贅沢《ぜいたく》したら、罰《ばち》が当たります」

「罰って……そないなこと言う若い娘《こ》、今どきおらへんで」

真顔で言ったら、お父さんに笑われてしまった。

店内に入ると、団扇《うちわ》がところ狭し、壁一面に縦横びっしりと並んで飾られている。夏になると芸妓・舞妓が自分の名前の書かれた団扇を作ってご贔屓《ひいき》や、行きつけのお店に配る習わしがある。お店は、それを壁などに飾る。つまり、切通し進々堂は、それほど大勢の芸妓・舞妓が馴染《なじ》みにしているということの証《あかし》だった。

一匙《ひとさじ》すくって口の中へ。

「おいしおす～」

赤いプルプルのゼリーの中に、ミカンとパインが入っている。

「そらよかった」

奈々江は、まるで夢のようだと思った。そうだ、夢に違いない、と。

奈々江は、東北の漁師町の出身だ。

どれほど時が過ぎても、「あの日」の恐怖を心から拭《ぬぐ》い去ることはできない。

あれは、奈々江が小学三年生の春のこと。学校の授業が終わる直前、教室が大きく揺れた。その後、先生に付き添われて集団で帰宅しようとした時のことだった。

突然「海」がやって来た。そして、奈々江の大切な家族を奪っていってしまった。父も母も。二つ年下の妹の未久《みく》も。一緒に住んでいたお爺《じい》ちゃん、お婆《ばあ》ちゃんも。港の水産加工場で働いていた、母方のお婆ちゃんも行方《ゆくえ》がわからなくなった。

避難所で泣き明かした。

涙も涸《か》れた三日目のことだった。母方の漁師のお爺ちゃんが、ひげボーボーで現れた。風邪をひいて高台にある病院に行っていたため、一命を取り留めたのだという。

また、泣いた。

お爺ちゃんは、奈々江を強く抱きしめてくれた。

時が流れても、心は暗闇のままだった。やがて、体育館の段ボールの家から、仮設住宅へ移った。さらに、月日が流れたが、仮設住宅から出ることはできなかった。復興はなかなか進まない。漁業は壊滅的で、漁師のお爺ちゃんも仕事がほとんどなく、新しいアパートも借りられないのだ。

二人きりの生活。だんだんと、友達が避難所から引っ越して行った。淋《さび》しかったけど、嬉しいこともあった。お爺ちゃんが獲った魚を二人で食べる時だ。


三年、五年、七年……。

奈々江が高校生になってすぐのことだった。

お爺ちゃんが肺炎になり入院してしまう。元々、喘息《ぜんそく》の持病があり、漁師は続けられなくなった。遠縁の親戚もいるが、頼れるほど裕福な家ではない。

その時のことだ。病室のテレビで京都の舞妓さんの暮らしを見た。なんでも、住み込みで働き、一切お金がいらないのだという。奈々江は、その場で決めた。

「私、高校やめて舞妓さんになる」

お爺ちゃんは、冗談で言っていると思ったらしい。でも、奈々江の決意は固かった。お爺ちゃんに本気であることを根気よく話し、なんとか認めてもらった。

遠縁のおばさんが付き添ってくれ、祇園に挨拶に行った。ちらりとテレビに映っていた屋形「浜ふく」だ。屋形とは、舞妓さんをお茶屋さんへ派遣する置屋《おきや》のことだ。女将さんは、いろいろ花街のことを説明してくれた。

舞妓さんというのは、芸妓になるために修業中の女の子のことを指すこと。その舞妓さんになるためにも、およそ一年間、修業が必要なこと。その間、芸事や京言葉、習わしなどを仕込まれることから、「仕込みさん」と呼ばれること。屋形の下働きもしなくてはならず、眠るのは真夜中になる。スマホも持てない。テレビを見る時間もない。祇園の一角から、許しなく外へは出られない。覚悟してやって来たつもりでも、かなりの娘が途中で故郷へ帰ってしまうという。

やんわりと、断られた。

「考え直した方がええ思いますよ」

奈々江は、繰り返し女将さんの眼を見て、

「お願いします」

と訴えた。最初、黙っている約束だったが、見かねた遠縁のおばさんが「事情」を説明してくれた。

「実は、この娘は……あの震災で家族を……」

女将さんは、おばさんの話を聞き終えた後、急にやさしく、そして悲し気な眼で言った。

「これからは、うちのこと、お母さん、とか琴子お母さんて呼ぶんや、ええな」

嬉しかった。母親を亡くして以来、「お母さん」と口にしたことがなかった。いや、心の中では、淋しくて、淋しくて、いつも「お母さん」と唱えていた。それが、本当に「お母さん」と口に出して呼べる人ができたのだ。思わず声が出た。

「お母さん」

「そうや、それでええ、奈々江ちゃん」

奈々江は、その場で泣いてしまった。

「どうしたんや、奈々江ちゃん」

琴子お母さんは心配してくれたが、それは嬉し涙だった。

懸命にお稽古に励んだ。どうしても田舎の言葉が抜けずに苦労した時期もあったが、みるみる芸事は上達した。中でも、踊りは一番だった。

一般的に、一年で「お店出し」できる。舞妓のお座敷デビューのことだ。だが、いろいろあって、もうすぐ祇園に来て二年になる。珍しいどころか、他にはいないだろう。田舎に返されても仕方がないところだ。ぜんぶ、自分の心が弱かったせいだ。そのため、ずいぶん、琴子お母さんに迷惑をかけてしまった。

でも、もも吉《きち》お母さん、美都子《みつこ》さんお姉さんらに励ましてもらい、ようやく舞妓になれる。そう思うと、奈々江はついつい頬《ほお》が緩んだ。

「ゼリーをそないに幸せそうな顔して食べる人、他に見たことないでぇ」

「へえ」

マル京のお父さんは、奈々江の綻《ほころ》ぶ笑顔を見て喜んでくれた。

奈々江も、その笑顔を見て、さらに笑った。


祇園甲部では、夏の暑い盛りに「八朔《はっさく》」という大切な行事がある。八朔とは八月朔日《さくじつ》（一日）の略で、古来この日に、お世話になっている人に贈り物をする風習がある。お中元の由来だ。

この日の午前中、芸妓・舞妓は、京舞井上流、井上八千代《やちよ》家元や、お茶屋さんに挨拶回りをする。全員が、絽《ろ》の黒紋付を着て、

「おめでとうさんどす。どうぞ相変わりませず、お頼もうします」

と挨拶する姿を、テレビ局や新聞社のカメラが囲む。京の夏の風物詩である。

ようやく日が傾きかけた頃、屋形「浜ふく」の女将・琴子は、もも吉庵の扉を開けた。まだ、花街に暑さが籠《こ》もっている。細い石畳の小路に、ガラガラッと戸が開く音が響く。

招くように奥へと連なる飛び石は、打ち水がされて涼し気だ。

スーッと、風が渡って来たような気がした。

琴子が上《あ》がり框《かまち》を上がって、店の襖《ふすま》を開け、

「かなわんわ〜暑うて」

と言うと、先客があり、慌てて口に手をやった。

「すんまへん」

すると、カウンターの手前に座っている男性が琴子を振り返った。

「かまへん、かまへん」

「あっ、六角《ろっかく》はん。いつもお世話になっとります」

西陣織《にしじんおり》の店の旦那《だんな》・六角秀征《ひでまさ》だった。「浜ふく」の舞妓たちも、日頃からお世話になっている大のご贔屓さんだ。創業は江戸中期で、組合のお偉いさんでもある。

「ちょっとなぁ、もも吉お母さんに話聞いてもらってたんや」

L字型のカウンターの奥には、建仁寺《けんにんじ》塔頭《たっちゅう》の満福院《まんぷくいん》住職の隠源《いんげん》と副住職の隠善《いんぜん》、そして美都子もいた。

「ミャウ〜」

真ん中の角の丸椅子で、おジャコちゃんが鳴いた。

「こっちへおいで」

と言い、美都子が膝の上に抱き上げ、

「どうぞ琴子お母さん、こちらへ」

と空けた席に招いてくれた。六角の表情がなんだか冴《さ》えない。元々、多弁で朗らか。少しきつい物言いのところもあるが、人情深いことで知られている。かの二つの大震災の折には、誰よりも率先して募金活動をしたと聞いている。

「あのな、うちのやつが人間ドックで引っかかってしもうて」

「え⁉」

「なんや、このへんが怪しい言われて精密検査受けることになったんや」

六角は、暗い顔つきで自分のお腹の上の辺りを指さして言った。こんな時、どう返事をしていいのか困ってしまう。戸惑っていると、それを察してもも吉が言う。

「それでなぁ、高倉先生《たかくらセンセ》を紹介したんや」

今度は、隠源が説明してくれた。

「検査言うても順番待ちで、ひと月近くも先になる言うやないか。それで総合病院で早《はよ》う検査してもらえるようになってな」

高倉は、もも吉がお茶屋の女将時代から親しくしている総合病院の院長だ。今でこそおとなしいが、昔は相当遊び歩いていた。琴子も、「奥さんには言えない話」をいっぱい知っている。もも吉は、その弱みを使って、計らってもらったに違いない。

「まあまあ、六角はん。大丈夫や。きっと奥さんなんともない。仏さんも、日頃のあんたの功徳《くどく》、見てくれてはるさかい」

「ご住職、おおきに」

六角は、隠源の言葉に、いつもの明るさを少し取り戻したようだった。隠源が、急に甘えた声で、もも吉に言う。

「さあさあ、この話はお仕舞いや。来週には『なんでもなくてよかったなぁ』てお祝いでけるわ。六角はんも麩《ふ》もちぜんざい食べて行きなはれ」

もも吉が、怖い顔を作って隠源に言う。

「食べて行きなはれって、ここは誰の店や。あんたの分はなしや」

「そんな殺生《せっしょう》な〜」

暗い雰囲気が、一気に明るくなった。もも吉は、奥へといったん引っ込むと、しばらくして清水焼《きよみずやき》の茶碗をお盆に載せて戻って来た。

「今日は暑うてかなわんから、冷やしぜんざいや」

「ええなあ」

一番に手を伸ばした隠源は、ピシャッともも吉に手の甲を叩《たた》かれた。

みんなが笑う。

「わあ〜キレイやわぁ、お母さん」

「ほんまや」

「ほんま、ほんま」

美都子が声を上げると、続けて全員が頷いた。冷たいぜんざいの中に、緑色のゼリーがいくつか浮かんでいる。涼を呼ぶとはこのことに違いない。それは、街に暮らす者なら、誰もが知っている「色」だった。今度は、隠善が言う。

「これは、切通し進々堂さんのゼリーやね」

「そうや。ゼリー拵《こしら》えよう思うたんやけど、進々堂さんのにはかなわんさかいになぁ。スプーンで『みどり〜のゼリー』をすくって、ぜんざいに落としたんや」

琴子は、奈々江のことを思い出して言った。

「そうそう、うちの奈々江ちゃんがなぁ、この前初めて進々堂さんのゼリー食べて、感激した言うてたわ。なんやマル京のお父さんにご馳走になった言うて」

美都子がそれを受けて、

「うちも聞いた。奈々江ちゃん、お店出しが決まって、明るうなったなぁ」

「そやなぁ、よかったなぁ」

と、隠源が急にしみじみした表情になる。それを見て、六角が隠源に尋ねる。

「そのナナエちゃんいうんは、どないな娘なんどす？」

「えろう苦労人なんや」

「え⁉ ……苦労人？ ……まだ子どもですやろ」

琴子は、ちょっとヒヤリとした。奈々江の事情は花街でもほんの一部の人が知るだけで、内密にしてある。あの震災で、両親を始め、ほとんどの家族を亡くしてしまったこと。ほんとうは、一年前に、お店出ししていたはずということも……。

ようやく、お店出しができると思ったのは、この五月のことだった。入退院を繰り返していたお爺ちゃんが、また入院したと知って、黙って田舎に帰ってしまった。

(うちが悪いんや。あの時、お爺ちゃんの病気のこと聞いてたのに、奈々江ちゃんに、内緒にしたんや。その方があの娘のためやと勝手に思い込んでしもうて。あと少しで、お店出しが決まるところやったから……)

琴子は、今でも後悔していた。そのすぐ後、お爺ちゃんの容態が急変して、亡くなってしまったからだ。だが、これを塞翁《さいおう》が馬《うま》と言うのだろうか。おかげで、奈々江は、お爺ちゃんの最期を看取ることができたのだった。

琴子が、話を受け継いで答えた。

「それは、話が長《なご》うなるからまた今度にさせておくれやす」

「そうか～」

「ただ、えろう可愛《かわい》がってもらっていたお爺ちゃんが、最近亡《の》うなられてなぁ」

「それは気の毒になぁ」

「そうなんどす。お葬式には間に合わへんかったんやけど、うちもお線香上げに行かせてもらいました。お爺ちゃんの遺影の前でなぁ、ちょこんと淋し気に座っている奈々江ちゃん見たら、胸が苦しゅうて苦しゅうて……それはそうとして、その奈々江ちゃん、踊りがえろう上手《じょうず》でなぁ。井上先生もべた褒めなんどす」

そう聞いて、六角の顔つきが変わった。六角は、踊りにうるさい。どんなに容姿が美しくても、芸妓・舞妓の本分は踊りだと日頃から口にしている。

「そうか！　それは応援したらなあかんなぁ。お店出ししたら、でけるだけ早う踊り見に行かさせてもらうわ」

奥さんのことで、頭がいっぱいだろうに、六角は力を込めて言う。

「おおきに、六角はん」

琴子は、深くお辞儀をする。

「なんでも言うてな」

「へえ、ありがとうございます。実は一つだけ困っていることがあるんどす」

「なんや？　わてにでけることやったら……」

「お気持ちは嬉しいんやけど、さすがにあきまへんのや。実はなあ、奈々江ちゃんのお姉さん、誰に引き受けてもらおうかと悩んでるんどす」

ここでいう「お姉さん」とは、舞妓の後見人となる義姉のことだ。花街では、芸妓が妹分を持つことを「引く」という。舞のお家元、お茶屋、料理屋、ご贔屓筋へ、お姉さんと自分の名前を書いた熨斗で包んだ手拭いを配って「○○さんお姉さんに引いてもらって舞妓になりました」と、挨拶に回る。

もし、妹分が粗相《そそう》をすると、それは姉の責任でもある。例えば、お座敷に穴を空けてしまったり、「都をどり」で舞の途中に扇を落としてしまったとすると、姉の責任となり、一緒にお詫《わ》びに回らなければならない。

花街は一つの「家族」だ。実の姉以上の深い関係であり、それは生涯続くのだ。

もう一年も前から、琴子はもも吉に相談していた。

「美都子ちゃんに引いてもらえんやろうか」

と。美都子は、一見、後輩に厳しいようだが、それは真に愛情があってのことだ。「叱る」のは、とことん「面倒」を見てあげるという心の裏返し。奈々江の舞が驚くほど上達したのは、美都子が陰でこっそりと稽古をつけてくれたお陰だということも知っていた。

「それが一番ええと思う……そやけどなぁ」

と、もも吉は悩んでいる様子。

琴子は、もも吉と美都子のそれぞれの気持ちを痛いほど知っていた。美都子は母親の厳しさを愛情と知りつつも辛く感じていた。

一方、もも吉は、「美都子にもっともっと一流の芸妓になってもらいたい」「ゆくゆくは、お茶屋を継いでもらいたい」と願っていた。その期待は膨らみ続け、美都子への「厳しさ」となったのだ。そして、ある日……。

「あんたの踊りは、高慢なんや。『きれいでしょ、うまいでしょ』いう匂《にお》いがして鼻につくんや。もうちびっと謙虚《けんきょ》にならんとあきまへん」

「もうええ」

「なんや」

「そんならうち、もう芸妓やめるわ」

「そうか、やめたらええがな」

№1だった芸妓の地位をあっさりと捨てて、美都子はタクシードライバーに転身してしまう。後継者を無くしたもも吉も、お茶屋を廃業し甘味処へ衣替えする。近くで見ていて、「あの母娘は、どうにかならんのやろうか」「血筋なんやろうなあ」

と、互いの意地っ張りな様子にヤキモキしたものだった。

だから……美都子がもう一度、芸妓に復帰して、奈々江を妹として引いてくれたなら、どんなにいいか。それは、奈々江のためだけでなく、もも吉と美都子二人のためでもあると、琴子は思っていた。

もも吉からは、相談するたびに言われていた。

「もう少し考えさせておくれやす」

「美都子がへそ曲げんよう言わなあかんさかい」

と。もも吉も、悩んでいるのだ。

ちょうど今、この場にはもも吉と美都子が揃《そろ》っている。話題も奈々江のお店出しのことで盛り上がっている。お店出しの日にちを、決めなくてはならない期限も待ったなし。ちらりと、もも吉の方を向くと、もも吉と眼が合った。

(お願いします、もも吉姉さん)

と、琴子が心の中で話しかけたその時だった。

隠源が、ボソッと言った。

「そんなん、美都子ちゃんが引いてあげたらええだけやないか」

隠善と六角が、

「え⁉」

と口を開いた。もも吉は、ポカンとしている。

「美都子ちゃんは、今までも奈々江ちゃんを妹みたいに可愛がって来たやないか。それが筋言うもんやろ」

隠善が、なにやら慌てた様子で言う。

「何言い出すんや、おやじ。美都子姉ちゃんは、タクシーの運転手さんやで」

「それがどないした言うんや。一度、芸妓やめた人が、また芸妓になるんは別に珍しいことでもなんでもない」

「そ、そやけど……美都子姉ちゃんの気持ちが……」

その時だった。ずっと黙って聞いていた美都子が、まるで「おおきに」とか「おはようさんどす」と挨拶をするかのように、にこやかに言った。

「うちも、そう思うてました」

「ええ〜」

「なんやて！」

六角と隠善は、また唖然《あぜん》としている。もも吉が美都子を見つめて言う。

「そうか、やってくれるか」

「へえ」

六角が興奮ぎみにしゃべり出した。

「えらいところに居合わせてしもうたもんや。あの名妓《めいぎ》『もも也《や》』がまたお座敷に上がるなんて大ニュースやでぇ。ぜったい二人とも呼ばせてもらいます」

「そやけど……」

と、美都子が一呼吸、前置きをして言う。

「うちは、うちのために芸妓に戻るんやない。奈々江ちゃんのためや。そやから、最初のうちは奈々江ちゃんに付き添う形で、奈々江ちゃんの出るお座敷だけ一緒させてもらいます。ご贔屓がつくまでや。そやから、琴子お母さん、昼間はタクシーの仕事も続けさせてもらうけど、ええやろか」

「もちろんや、おおきに美都子ちゃん。よろしゅうお頼もうします」

「へえ、一生懸命に気張らせてもらいます」

美都子の膝の上で、おジャコちゃんがまるで一緒に喜んでいるかのように鳴いた。

「ミャウ〜ミャウ〜」

奈々江は、風神堂《ふうじんどう》の本社へお使いに出掛けた。琴子が社長直々に頼んでいた、お得意様への特別誂《あつら》えのお菓子を受け取りに行ったのだ。秘書の斉藤朱音《さいとうあかね》から、品物を受け取り、帰ろうとすると、奥から京極社長が出て来た。

「奈々江ちゃん、お店出し決まったんやてなぁ。おめでとうさん」

「おおきに」

　このところ、あちこちで、お祝いの言葉を掛けられる。

「台風はそれたみたいやけど、雨が強いさかいに車で送って行こか?」

「おおきに、でも大丈夫どす。雨合羽《あまがっぱ》着て来たさかい」

「そうか、気ぃ付けてなぁ」

「おおきに」

　そう言い、奈々江は再び雨合羽を着こみ、ビニールで包まれた品物をしっかりと胸に抱きしめて、表に飛び出した。ついついスキップしそうになる気持ちを抑えきれない。美都子さんお姉さんが、自分の「お姉さん」になってくれるという。祇園へやって来た頃には、ずいぶんと叱られた。

「おおきに」

　その一言のイントネーションが難しくて、何度も何度も教えてもらった。誰にもわからないように、お寺の離れを借りて舞のお稽古をつけてくれた。本当の姉のように慕ってきたが、盃《さかずき》を交わして正式に姉妹になれると思うと嬉しくて仕方がない。

お姉さんも「もも也」という名前でお座敷に戻るという。その「もも也」の「もも」。もも吉お母さんの「もも」。それを継いで「もも奈」という名前も決まった。

新京極《しんきょうごく》のアーケードから四条通に出ると、雨脚《あまあし》は行きよりも少し強くなっていた。四条河原町《かわらまち》の交差点を過ぎ、四条大橋を渡れば祇園だ。

四条大橋の真ん中で、急に突風が吹いた。

雨合羽のフードが風で脱げてしまった。

左手で品物を抱え、右手でフードを直そうとしてよろけた。その時、橋下にどっと流れて来る濁流《だくりゅう》が眼に飛び込んできた。その瞬間、「あの日」のことがフラッシュバックした。

「海《の》」がどんどんと、山手の方へと押し寄せてくる。家も車も……そして人も次々と呑み込んでゆく。そうしている間にも、奈々江の小学校の麓《ふもと》まで、「海」が近づいて来た。

奈々江は、叫んだ。

「いやぁ〜いやいや〜」

近くで、車のクラクションが鳴った。ハッとして、我に帰る。背中に雨が染みて来るのがわかった。靴の中もとうに水に浸かっている。身体《からだ》が動かない。目眩《めまい》もする。立っていることもままならず、しゃがみ込んでしまった。

「大丈夫？」

通りがかりの若いカップルが、声をかけてくれた。

「大丈夫どす」と答えようとしたが、なぜか声が出ない。女性の方が背中をさすってくれた。どれほど、そこにいたのかわからない。意識が遠くなりかける中、

「奈々江ちゃん！　奈々江ちゃん」

と、美都子さんお姉さんの声がかすかに聞こえた。なぜ、ここにお姉さんが……。

「う〜う〜」

「美都子さんお姉さん」と言ったつもりだった。でも、でも……声にならない。

「奈々江ちゃん！　どないしたんや」

涙のせいか、雨のせいか。かすんで何も見えなかった。

琴子は、三日三晩、ずっと奈々江に付き添っていた。

一昨日の夕方、美都子からの連絡を受けて、総合病院へ駆けつけた。美都子が仕事の帰りに、四条大橋を通りかかると、車の中から橋の真ん中辺りでしゃがみ込んでいる女の子を見かけたという。大学生らしい若い男女が、心配そうに介抱している。それが、奈々江だと気付くのに時間はかからなかった。橋を渡り切って左折したところでハザードランプを点灯させて車を停車させた。豪雨の中駆けつけると、

奈々江はうわごとのように何か言おうとしていたという。

「う〜う〜」

聞き取れない。額に手を当てると、少し熱がある様子。肩を貸して、そのまま車に乗せ、総合病院に担ぎ込んだという。

琴子が病院に着いた時には、奈々江は処置室で眠っていた。三時間もすると、奈々江は目を覚ました。幸い熱も下がっている。大事には至らず、琴子も美都子もホッとした。だが、どうして、橋の上で動けなくなってしまったのか。いくら尋ねてもただ、「う〜う〜」と言葉にならない声を発するだけだった。

高倉院長の指示で、すぐさま入れ替わり立ち代わり専門医の先生がやって来た。詳しく検査しなくてはわからないが、おそらくなんらかの精神的なショックが原因で、声が出なくなってしまったのだろうという診断だった。

琴子にはわかった。昨日からの豪雨で、鴨川《かもがわ》はあふれるほど水量が多かった。きっと、震災の「あの日」の恐怖を思い出してしまったに違いない。

「ごめんね、奈々江ちゃん。うちがお使いになんて出したせいや……」

「……う、う」

奈々江は、両手を喉《のど》にやり、顔を歪《ゆが》めた。何かしゃべろうとしているらしい。

「ええ、ええ。今はええから、もう一度眠りなはれ」

　奈々江の瞳から涙が頬を伝う。琴子は、涙を指で拭ってやった。そして、頭を撫《な》でる。まるで本当の母親のように。そして、ギュッと身体を抱きしめた。

　翌日の夕方。総合病院の面会室。心配して駆けつけた、もも吉庵のいつもの面々が膝を突き合わせるようにして、向かい合っている。もも吉、隠源、隠善……そして京極社長も。京極が、自分を責めた。

「わしがあかんかったんや。あの時、車で送ればよかったんや」

　もも吉が慰める。

「お琴ちゃんも社長はんも、自分を責めたらあきまへん」

　隠源が心配そうに尋ねる。

「奈々江ちゃん、いつしゃべれるようになるんや」

　琴子は、高倉院長の診断を伝える。

「突発的なことやから、ちゃんと治る思うて言うてはります。そやけど、それがいつになるか。明日かもしれへんし、一年後かもしれへんて。心理療法とかお薬とか、やれることを尽くしてくれはるそうどす」

　そして琴子は、一番の心配事を口にした。それは、誰もが「言ってはいけない」と思っていることだった。

「奈々江ちゃんのお店出し、このままやと見送らなあかんかもしれへん」

美都子が、少し抗《あらが》うように言う。

「そやけど、明日治るかもしれへんのやろ」

「それはそうやけど……」

「もし、治ると期待して見切り発車して、その日までに声が出んかったら……」

隠善が頷いて言う。

「そうやなぁ。口がきけへんままお座敷に上がるわけにはいかへんやろ」

その時だった。

ずっと沈黙を決めていたもも吉が、口を開いた。

「そうでっしゃろか」

「え⁉」

琴子は、もも吉の方を向く。

もも吉が、一つ溜息をついたかと思うと、姿勢を正して椅子に座り直した。白地に萩《はぎ》の裾《すそ》模様の着物。薄ピンクの雲取り柄の帯。これに合わせて帯締めは濃いピンクだ。帯から扇を抜いたかと思うと、小膝をポンッと打った。ほんの小さな動作だったが、まるで歌舞伎《かぶき》役者が見得《みえ》を切るように見えた。

「あんたら間違《まちご》うてます」

「……」

もも吉はいったい何を言い出すのか、一同が注目した。

「ええどすか？　芸妓・舞妓の本分はなんどす？」

「本分……？」

琴子は、ハッとして、もも吉を見つめた。

「あっ、舞どす」

「そうや舞や。美都子から聞いてます。奈々江ちゃんの踊りは、この祇園甲部のどの舞妓、いやどの芸妓も舌巻くほどうまいそうや」

美都子が言う。

「へえ、ひょっとしたら、うちよりうまいかもしれへん」

隠善が驚いた表情を見せる。

「え⁉　美都子姉ちゃんよりか？」

もも吉は話を続ける。

「あんたら、まさか芸妓・舞妓は、お酌したり、お上手言うたりするんが仕事やと思うてるんやないやろなあ。高倉先生《センセ》が言うてはった。医者の立場としては、やめといた方がええとは言わん。もしかしたら、好きな舞を踊ったら言葉を取り戻すきっかけになるかもしれへん。あとは屋形でお決めやす、とのことやった」

「そないなこと言われても、うち決められへん」

そう呟《つぶや》く琴子に、もも吉がさらに言った。

「うちはこう思うんや。舞妓になるんかならへんのか、それは奈々江ちゃん本人が決めることや、て。もし、奈々江ちゃんが、『今はやめておきたい』言うんなら、治るまで待つんやな。もし、『やらせてください』言うたら、全力でみんなで応援したらええだけのことや」

隠善が心配そうに言う。

「そやけど簡単やないですよね」

もも吉が、少し力を込めて答えた。

「それはそうやろ。どんなことでも、ならんと思うたら、ならん。なる思うたらなる。それだけのことや。それにみんなわかってるやろ。花街で暮らすもんは、みんな家族や。力合わせたら、どないな苦労も乗り越えられる」

隠源が腕組みを解《ほど》いて、

「わてもそう思う。あの娘は一人やない」

と頷いた。琴子は、腹を決めた。

（そうや、うちらが付いてる。あとは本人の気持ちしだいや）

奈々江は、念のために検査を受けたが、身体はどこも悪いところはないと言われた。でも、しゃべれないことが、これほど辛いとは思ったことはなかった。看護師さんに検温してもらう時。食事を持って来てくれた時。先生の回診の時。「おおきに」と言おうとしても、声が出ない。気持ちが伝えられないのだ。

四日目の朝、退院して「浜ふく」に帰って来た。

琴子お母さんに、やさしく言われた。

「酷《こく》なこと、あんたに聞かなあかんけど、かんにんな。お店出しのこと、進めてええやろうか？　それとも、声が出るようになるまで待つか？」

奈々江は正直、びっくりした。てっきり、もう舞妓にはなれないと落ち込んでいたからだ。しかし、「待つ」と言われても、ずっと治らないかもしれない。自分は、ただでさえ、一年のところを二年も仕込みさんをしている。屋形にとっては、お金ばかりかかるお荷物なはずだ。

嬉しかったが、答えることができない。琴子お母さんに「これ使いなはれ」と、大きめのメモ帖とボールペンを渡された。奈々江は、ペンを持って気持ちを書いた。

《おおきに、お母さん。でも、どないしたらええか私にはわかりまへん》

琴子お母さんは、やさしく答えてくれた。

「そうやろうなあ。決めろ言われても、そうやすやすと決められることやない。かんにんなぁ。かんにんなぁ。もう少し考えてみぃ」

奈々江は、メモ帖に、

《へえ》

と書いた。考えたら答えが出るのだろうか。奈々江はますます悩んでしまった。

八月十六日。

今日は、大文字の送り火だ。

去年は、お爺ちゃんと一緒に故郷でお盆を過ごした。だから、見るのは初めてだ。里帰りから戻って来た「浜ふく」の舞妓五人は、琴子お母さんと一緒に吉田山《よしだやま》の料理旅館・神楽岡別邸《かぐらおかべってい》で、夕飯を食べてから送り火を見ることになった。もちろん、奈々江も一緒だ。もも吉お母さんも来るという。そこからの眺めは、距離も近くて見事なのだという。

奈々江も浴衣《ゆかた》を着せてもらった。図柄は水色に真っ赤な金魚だ。昔、縁日でお爺ちゃんに金魚すくいをさせてもらったことを思い出してしまった。

東大路通《ひがしおおじどおり》まで歩いて、そこからタクシーに乗ることになった。「浜ふく」の前の細い小路《こうじ》を出る。奈々江は、みんなの一番後ろをついていった。

「もも吉庵」の前を通りかかった時のことだった。

「あっ！　お爺ちゃん‼」

いや、そう叫んだつもりだったが、「う〜」としか言葉にはならない。お爺ちゃんが、目の前の角を曲がって小路に入ったのが見えたのだ。自分でもわかっている。そんなはずはない。この前、死んでしまったのだから。でも、たしかに、曲がる時にチラリと見えたあの横顔は、お爺ちゃんだった。

「う〜う〜（お爺ちゃ〜ん！）」

もう一度、心の中で大声で呼んだ。

「う〜う〜」という声に気付いて、琴子お母さんが、前の方で振り返る。

「どうしたんや、奈々江ちゃん」

奈々江は琴子お母さんの声が聞こえはしたが、それよりも先に駆け出していた。

「どこ行くん？　奈々江ちゃん！」

奈々江は、駆け足で目の前の角を曲がった。小路の曲がり角で、また叫んだ。

「う〜う〜（お爺ちゃん！）」

琴子お母さんが追いついて、奈々江の右手を捕まえる。

「ど、どうしたん、奈々江ちゃん」

「う〜う〜」

奈々江は、急いでペンを取り出してメモ帖に書く。

《お爺ちゃん》

「なんやて、お爺ちゃんやて？」

奈々江は、《でも、角曲がったら消えてた》とメモ帖にペンを走らせる。そこへ、もも吉と、舞妓たちが追いついてきた。琴子お母さんが心配げに言う。

「わかるで、わかる。ショックで見えんもんまで、見えてしまうんやろう」

奈々江は、「違う違う、ほんまや」と書こうとしたが、ペンを下に落としてしまった。その時だった。黒ぶちの猫が、ヒョイッと塀の上から飛び降りて来た。

「あら、歓太郎《かんたろう》やないの」

と、もも吉が歓太郎と呼んだ猫に、手を差し出した。琴子が訊く。

「え？　カンタロウって……」

「そうや、歓太郎や。首輪をしとるからどこぞに飼い主がおるんかもしれへん。そやけど、三か月くらい前の夜から急にうちの店の裏庭に現れたんや。残りもんの干物やったら、毎晩来るようになってなあ」

「そのカンタロウいう名前は、もも吉姉さんが付けたんどすか？」

「そうや。大昔にうちのこと贔屓にしてくれはった歌舞伎役者さんの名前なんや。黒ぶちの猫の顔が十八番《おはこ》の土蜘蛛《つちぐも》にそっくりで……」

奈々江が、ペンを拾って、またメモ帖に書く。

《カンタロウは、爺ちゃんの名前です》

それを見て、もも吉も琴子も声を上げた。

「え？」

「なんやて！」

もも吉が、言う。

「ちょっと待ってや。たしか、歓太郎が初めてうちの裏庭に来たんは、奈々江ちゃんのお爺ちゃんが亡くなりはったと聞いた晩のことやった気がする……」

もも吉の足元で、ゴロゴロと甘えていた歓太郎は、急にパッと身を翻《ひるがえ》して駆けだした。そして、小路を曲がってすぐの朱《あか》の鳥居《とりい》の中へ。

「あっ、有楽稲荷《うらくいなり》さんのとこへ入った」

三人は、小走りに追いかける。

祇園の路地にひっそりと佇《たたず》む有楽稲荷大明神は、織田信長《おだのぶなが》の弟の織田長益《ながます》、別名・有楽斎《うらくさい》を祀る小さな神社だ。有楽斎は利休《りきゅう》の十哲《じってつ》に数えられ、茶人として有名なことから花街では「芸事精進」の信仰を集めている。

猫の額ほどの境内ゆえ、歓太郎の姿はすぐに見つかった。もも吉が指をさす。

「なんや、『お神籤《みくじ》引いて』言うてるんと違うやろか」

お神籤の棒が詰められた木の筒が、腰ほどの高さの台の上に載っている。たっぷり入る保温ポットほどの大きさだ。その筒に、歓太郎が何度も飛びついている。

奈々江はもも吉に促されて、「うん」と頷き、筒を持って逆さにした。すると……一本の木の棒が飛び出す。その先に番号が見えた。多くの社務所では番号を言うと、お告げの紙をくれるが、ここでは、お神籤の運勢は絵馬のように大きな額に書かれて、天井近くに掲げられている。

「何番や、奈々江ちゃん」

と琴子が木の棒をのぞく。

「どれどれ、ええっと十一番や……」

琴子の顔が曇った。

「ああ、凶や……」

額を見上げる奈々江も泣き出しそうになった。

「……う、う(あかん)」

奈々江は、またペンを握った。しかし、力が入らず、なかなか文字にならない。

《あきまへん。うち、神様にも見放された》

琴子もしゅんとしている。だが、もも吉が凜《りん》として言う。

「大丈夫。凶いうんは、悪いことやあらしまへん。これからどう生きて行ったらええか考えてみなはれ、というお導きなんや」

奈々江は、戸惑いつつ、もも吉の顔を見上げた。

「額をもういっぺんよ〜く見てみぃ。その下の説明書きをよく読んでみなはれ」

十一番　凶

とある。そのすぐ下には歌が一首詠《よ》まれている。それは……。

明け暮れに　かなわぬことがあるなれば　神にねがいの心つくせよ

奈々江は溜息をついた。
必死に涙を堪《こら》えて、弱々しく文字を綴《つづ》る。
《うち、神様にお願いするのも、もう疲れてしまいました》
もも吉が、諭すように話す。

「そうやない」

「……う〜（そうやないって？）」

「ええか奈々江ちゃん。神様はどこにおるかわかるか？」

奈々江は、小さく乱れた文字で問う。

《神社ですか》

「そう思うわなぁ、誰でも。そやけどほんまは間違《まちご》うてますんや」

奈々江は、キョトンとしている。

「……」

「神様はなぁ、誰もの心の中にいてはるんや。要は願い事を叶えるんは、神様が叶えてくださるんやない。自分が叶えるってことなんや。神仏に手ぇ合わせて願掛けするんは、『気張ります』言うて自分に誓うことなんや」

「……う〜（そやけど、うち辛い）」

奈々江は、言葉にならない言葉で答えた。もも吉は、それを察して、

「辛いのはようわかる。そやけど、そのお神籤の凶は、『奈々江、気張れや』言うて、カンタロウお爺ちゃんが猫に生まれ変わって教えてくれたんやないか？」

奈々江は、ひょっとして……と思った。だって、たしかにさっきお爺ちゃんの姿を見たのだから。奈々江が、

「……う、う～（カンタロウ）」

と手招きして呼ぶと、歓太郎は奈々江の足元にすり寄った。奈々江が抱き上げると、甘えた声でミャアと鳴いた。

「う～う～…う～う～（爺ちゃん、うちもっと気張るさかいに見守ってなぁ）」

その夜の大文字は、格別に美しく見えた。

神楽岡別邸の窓から大文字の火を眺めながら、琴子は先ほどのもも吉の話を思い出していた。奈々江は、間違いなく心が冒《おか》されている。当然のことだ。あれほどの不幸が続いたのだ。おかしくならない方が不思議。自分だったら、とうてい耐えられないに違いない。それも、まだ十七歳の子が。そう思うと、胸が苦しい。

もも吉が言う「お爺ちゃんが猫に生まれ変わって、奈々江を励ましに来た」というのは、実に見事だ。奈々江を励ます「方便」としてとても素晴らしいと思う。だが、方便は方便だ。

琴子は、大文字の火を見ながら、奈々江に話す。

「大文字いうんは、観光が目的やないんや。お盆の間に帰ってきはったご先祖様が、無事にまたあの世に帰れるようにて、火を焚《た》いて送るためのものなんや。お爺ちゃんの初盆や。『また来年も会いに来てね』って言うて、ようお参りしとき」

奈々江は、神妙な顔つきでコクリと頷いた。


その後遅くに、揃ってタクシーで祇園に帰った。舞妓たちは、居間に集まってわいわいとおしゃべりしている。奈々江もその輪に入っている。

琴子は、昼間に届いていた郵便物を、一つひとつ丁寧に開封して、返事の必要なものにはすぐにはがきを認《したた》める。その中の一通に、見覚えのない差出人の手紙を見つけた。少し、ぷっくりと膨らんでいる。手紙の他に、何か同封されているらしい。

「佐藤明香里《あかり》」

達筆ではないが、その万年筆で書かれたと思われる青い文字に、なにやら温かみを感じつつ、封を切った。

拝啓
立秋とのことですが、名ばかりで東北も暑さ厳しい日が続いております。
ましてや、京の都は、いかばかりかと心よりお見舞いを申し上げます。

唐突の便りのこと、深くお詫びを申し上げます。

わたくしは、看護師をしており、貴店にて修業中の奈々江さんのお爺様の担当を長く務めさせていただいておりました。とてもお爺様思いの奈々江さんの姿を見る度、心が温かくなったものでした。

そのお爺様が亡くなられ、わたくしも悲しくて悲しくてやり切れぬ日々を送っております。どれほど奈々江さんはお辛いことでしょう。

さて、実は、亡くなられたお爺様から、お預かりものがございます。同封のお守りです。当地の漁師の方々に信仰の深いお稲荷さんで、わたくしがお爺様から頼まれて宮司さまから賜《たまわ》って来たものです。その際、

「もしものことがあったら、奈々江に渡してほしい」

と、あってはならぬことをおっしゃるので一旦はお断りしました。しかし、どうしてもとのことで、お稲荷さんに奈々江さんの夢が叶い、舞妓さんになれるようお爺様の代わりにご祈禱《きとう》を上げていただき、授与いただいたものです。

ところが、たまたま臨月が近かったわたくしが、予定よりも早くに陣痛が来てしまい、出産したのです。

少し落ち着いた時、病院の同僚からお爺様が亡くなられたことを耳にして、

驚いてしまいました。お預かりしていたお守りをお渡ししたかったのですが、奈々江さんの連絡先がわかりません。いろいろと伝手《つて》をたどって、ようやく遠い親戚にあたる方が、「浜ふく」様の連絡先をご存じと伺い、筆を取らせていただいた次第です。

このお守りを奈々江さんにお渡しいただけましたら幸いです。

奈々江さん、そして貴店の皆様のますますのご清栄を心よりお祈り申し上げます。

敬具

琴子は、手の震えが止まらなかった。ここには、「お稲荷さん」とある。

先ほど、猫に導かれてお御籤を引いたのも、お稲荷さんだ。それも、今日、大文字の送り火の日に届くなんて。これは、けっして偶然ではない。奈々江ちゃんのお爺ちゃんが、お盆で本当にここに帰って来ておられたのだ。

奈々江は、お爺ちゃんに見守られているのだ。

琴子は、手紙を手にして、

「奈々江ちゃ〜ん、奈々江ちゃ〜ん」

と大声で呼んだ。居間では、舞妓たちの笑い声が響いていた。

奈々江は、琴子お母さんに返事をした。

《決めました。お店出しさせてください》

とメモ帖に書いて。

「よう決めたなぁ」

とお母さんは褒めてくれた。お爺ちゃんのお守りがあれば、淋しくない。いつもお爺ちゃんがそばに付いていてくれる。

「これはたいへんな道や。うちらも精一杯応援する。そやけど、あんたが一番気張らんとあかん。でけるか？」

奈々江は、唇を一文字にして頷いた。

舞妓さんとしてデビューする「お店出し」の前に、ひと月ほど「見習いさん」という期間がある。決まったお茶屋さんに毎日出向き、お座敷のしきたり、作法などを、女将さんや仲居さんから手ほどきを受けるのだ。

舞妓さんの象徴といえば、「だらりの帯」だ。足元近くまで垂れ下がり、歩いたり、舞ったりすると「ゆらりゆらり」と左右に揺れる。だが、「見習いさん」の帯は、その半分ほど。そのため「半だらりの帯」と呼ばれる。

また、着物の袂《たもと》は短く、紅も「下唇」だけにさすものと決められている。最初のうちは、ただお座敷に座っているだけ。ご贔屓さんの許しが出れば、舞を披露することもある。そうして少しずつ花街の人々、旦那衆に見守られて育っていく。

奈々江……いや、もも奈は緊張しながらも、「見習いさん」を務めあげた。いよいよ、お店出しだ。前の晩、なかなか寝付けなかった。いまだ、言葉を発することはできない。こっそり起きて、お爺ちゃんのお稲荷さんのお守りを取り出し、両手の中に握りしめた。すると、いつしか朝になっていた。

そして、お店出し当日。

今日は、正装である黒紋付を着る。琴子お母さんが、ずっと前から新しく仕立てて準備してくれていたものだ。お爺ちゃんが亡くなった時、初七日の法要の席でこれを羽織って祇園小唄を舞ったことを思い出した。

帯の内側に、お守りを忍ばせた。もも也お姉さんと姉妹の盃を交わす。お座敷には、琴子お母さんの計らいで、お爺ちゃんの遺影を座布団の上に座らせてもらった。緊張と喜びで胸が張り裂けそうだったが、そのおかげで、無事に儀式を終わらせることができた。

　そして、屋形「浜ふく」の玄関に、「もも奈」の表札が掲げられた。

　ずらりと並ぶ先輩の芸妓・舞妓の表札の左端だ。

　次は、お世話になるお茶屋さんへの挨拶回り。その「挨拶」が、奈々江にはできない。だが、案ずるまでもなかった。琴子お母さんやもも吉お母さんが、どのお茶屋の女将さんにも奈々江が声が出ないことを説明していてくれたからだ。今までは、「同情は甘えに繋《つな》がり、人のためにならない」と内緒にしていたが、家族を震災で亡くしてしまったことも詳《つまび》らかにしてくれた。

「よろしゅうお頼もうします」

　そう言う代わりに、大きなスケッチブックに書いて、お茶屋の女将さんに見せる。誰も奇異な目で見たりはしない。同情があったことは否めないだろう。中には、

「早よ治って、声聞かせてなぁ」とか、「うちのこと、ほんまのお母さんや思うてな」と励ましてくれる女将さんもいた。

「ああ、これで、ほんまの祇園の家族になれたんや」と胸が熱くなった。

　これをご祝儀というのだろう。舞妓一日目のお座敷から、休みなく声がかかっ

た。聞くところでは、新しくデビューした舞妓を率先して呼ぶならわしがあるという。

たいていのお茶屋では、女将さんが先回りして気遣ってお客様に事情を説明してくれていた。

「この娘、たまたま今だけ言葉が出ぇへんのどす。ちびっと風邪ひいとるんやと思うてかんにんしておくれやす。そやけど、舞が上手やさかいお願いします」

と。お座敷に上がった最初のうちは、スケッチブックに挨拶の言葉を書いていたが、それでも、すべてのお客様が事情を耳にしているわけではない。

スケッチブックに書いた文字を見せようとするもも奈に、キョトンとするお客様もいる。そんな時には、一緒にお座敷に出てくれるもも也お姉さんが、

「この娘、うちの妹で、もも奈申します。ちょっと今、喉痛めてしゃべられへんのどす。よろしゅうお頼もうします」

と先回りして、代わりに紹介してくれるようになった。

もも奈は、へとへとだったが、それにも増す喜びで満ちあふれていた。

奈々江は、お座敷に上がるのが楽しくて仕方がなかった。必ずと言っていいほど、最初は、「祇園小唄」を踊る。病院で、お爺ちゃんも褒めてくれた舞だ。どの

お客様も拍手をしてくれる。中には、

「もも也より上手いわ」

などと、言ってくれる人もいる。もちろん、もも也お姉さんにかなうはずもない。でも、お上手とわかってはいても、顔がポーッと赤くなる。

そして、一週間が経った、ある日のこと。お茶屋「里中《さとなか》」に着くと、女将さんに、

「今日のお客様は、もも吉お母さんの古くからのご贔屓さんや。奈々江ちゃんの踊りのこと聞かはって、お祝いやからって駆けつけてくれはったそうなんや」

と言われた。もも也が言う。

「なんやの、どこ行ってもみんなもも奈、もも奈言うて。うちが十年以上ぶりにお座敷に戻って来たいうんに、冷たいわぁ」

「ほんまやなぁ～。このままやと、もう一度廃業せなあかんのと違いますか？」

「あ～ん、お母さん、イケズやなぁ」

「冗談冗談。お待ちかねや、早よ行きぃ。なんや、何度も時計見てはるかさい」

もも奈は、もも也と地方《じかた》の雪まるさんの後について、二階のお座敷に上がった。

もも也が、明るい声を上げる。

「六角はん、ようおこしやす。この前、もも吉庵では来てくださる言わはったけど、お忙しい方やから無理やと思うてました」

「わては約束は守るで。それに踊りが上手いいうたら、見いひんわけにいかんやろ……おうおう、この娘かいな。かいらしいなぁ」

もも也は言う。

「うちにも言うてぇな」

「ああ、かいらしい」

「なんや気持ちが籠《こ》もってはらへんみたいや」

「アハハハ」

もも奈は、もも也と六角というお客様が、よほど昔からの馴染みなのだと分かった。自分もいつか、こんなふうにお座敷を務められる日が来るだろうか、と思った。

もも奈は、名前がデザインされた千社札を差し出し、スケッチブックを取り出した。《もも奈申します。よろしゅうお頼もうします》と、毎回、毎回、お座敷ごとに新しいページに書き直す。それは、面倒ではあっても、声の出ない代わりのせめてもの誠意だと思っていた。たいていの場合、

「なんや、なんや。何が始まるんや」

と、お客様がのぞき込まれる。それがきっかけで場が和むこともあった。

だが、六角が、ちょっと不機嫌そうに言う。

「何なんや」

「あっ、すんまへん。もも奈ちゃん、ちょっと訳あって、声が出んのどす」

「え？」

すべての女将さんが、お客様に、もも奈が声が出ないことを先に説明してくれているとは限らない。そんな時には、もも也がフォローしてくれていた。

「それで代わりに、書いてご挨拶させてもろうとるんどす」

「なんやて」

六角の顔つきが、つい先ほどとは明らかに変わった。

「舞妓がしゃべられへんて、どういうことや」

もも奈は、六角の、いかにも怒りを含む声に身体が縮み上がり、ペンを落としてしまった。

「六角はん、これには、訳があるんどす……もも奈ちゃんな、この夏」

もも也が説明しかけた時、六角はすっくと立ち上がった。

「もうええわ。せっかく無理して来てやったのに。声が出るようになってからお座敷出たらええやないか！」

そして、ひじ掛けを弾くようにして、部屋から出て行ってしまった。

「待っておくれやす」

もも也が慌てて追いかける。二人が、階段をドンドンッと降りる音がした。地方の雪まるさんも、後を追う。もも奈は、一人、お座敷に取り残された。

もも奈は思った。

(大切なお客様、怒らせてしもうた。それも、もも吉お母さんのお馴染みさん。こんなにいいことが続くはずあらへん。どうせ、自分は不幸の下に生まれて来たんや。あかん、あかん、やっぱりダメやった)

もも奈は、帯からお守りを取り出して、話しかけた。

(お爺ちゃん……やっぱりダメだよ)

涙の雫《しずく》が畳に、ひとつ、ふたつと零《こぼ》れた。

花街は狭い。

一つの家族だ。

噂《うわさ》は、あっという間に広がった。

目を掛けてくれていたお茶屋の女将さんたちも、腰が引けてしまった。怒らせてしまったのが、西陣の大旦那ということもある。お座敷に呼んでもらえるかどうかのほとんどは、女将の胸三寸。もも奈は、屋形で舞妓の着物に着替え、控えたままで一日が終わることが多くなった。

時は移ろう。

まだ、声は出ない。お医者さんは、「必ずよくなるから希望、捨ててはあかんよ」と言ってくれている。花簪《はなかんざし》は、いつしか菊から紅葉に替わった。

もも奈は、夕べも眠れなかった。このところ、ずっとそうだ。もも也お姉さんも、琴子お母さんも、やさしく励ましてくれる。芸妓や舞妓の先輩たちも、充分すぎるほど気遣ってくれる。それが嬉しくもあり、辛かった。自分がいけないのだ。しっかりと治療に専念し、何より、ちゃんとしゃべれるようになることが先だったのだ。焦っていた。この機会を逃したら、もう舞妓にはなれないと思っていた。天国のお爺ちゃんにも、踊りを見せられなくなると……。

有楽稲荷大明神にお参りに来た。このところ、毎日、欠かさず来ている。

「声が元通りになりますように」

お店出ししたばかりの頃までは、「踊りが上手くなりますように」とお願いしていた。お座敷で、不始末をしてしまってからは、何を願っていいのかわからなくなった。今日は、お稲荷さんに報告に来た。

「これ以上、お世話になったみんなに迷惑をかけるわけにはいきません」

と。舞妓をやめる決意をしたのだ。でも、これからどうしたらいいのか。住むところ、帰る場所もない。高校も一年の一学期で退学してしまったから、学歴も中卒で、資格の一つもない。

日曜日の夕暮れ。もも奈は、ふらふらと花街を彷徨《さまよ》い、建仁寺《けんにんじ》の境内で座りこんだまま遠くの紅い空を見つめていた。

「奈々江ちゃん」

そう呼ばれて、顔を上げる。

「ああ、かんにんやで、もも奈ちゃんやった」

「マル京」のお父さんだ。いつものように、ニコニコと笑っている。

「聞いてるでぇ」

「……う〜（お父さん、うち）」

「無理してしゃべろう思わんでもええ」

もも奈は、涙があふれて来た。

「たいへんやったなぁ」

「う〜（あかんかった）」

ペンとメモ帖を持たずに出たので、お父さんに答えることができない。

「ついて来なはれ」

そう言うと、お父さんは返事も待たずにスースーッと西門の方へと歩いて行く。

もも奈が、ボーッとして座り込んだままでいると、「ひょいひょい」と手招きする。

もも奈は、促されるままよろよろと立ち上がった。

十一月も半ばとなった。琴子は、辛い決断を迫られていた。祇園甲部のお茶屋の女将さんたちから、厳しい言葉をもらっていたからだ。

「もう、もも奈ちゃんのこと、諦めた方がええんやない？」

「応援したいけど、あの方を怒らせてしもうたこと、噂が広まってしもうて」

「声が出るまで、休ませたらどないやろう」

その一つひとつに、「すんまへん」と頭を下げた。もも奈の舞妓としての仕事は、もう絶望的だった。かといって、あの娘は帰るところもない。うちに住まわせるのはええとして、どこかご贔屓さんに頼んで、就職先を探してもらおうか。板場のアルバイトでも頼んでみるか。しかし、声が出ない人を雇ってくれるだろうか。

（いいや、舞妓になるんは、あの娘にとっては亡くなったお爺ちゃんとの約束や。そんな惨《ひど》いことでけへん）

琴子は、またもも吉に相談しようと思った。だが、いかに、もも吉でも……。

そんな矢先のことだった。

午後七時を回ったところで、突然、お茶屋「里中」の女将から電話が入った。

「琴子さん？」

「へえ」

「急なことやけど、もも奈ちゃん呼んでもらえるやろか？　お座敷がかかったんや」

「え？……でも、この前、ご迷惑かけて」

「そうなんや。実はな、つい今しがた六角はんが来られてなぁ」

「え⁉」

どうしたことだろう。六角は、まだ怒っているに違いない。あの後、琴子ともも也が会社へお詫びに上がったが、「忙しいから」と会ってさえもらえなかった。さらに、もも奈が、「お詫びの手紙を書きたい」というので送ったのだが、返事もない。

人情に厚いことで知られている六角だ。よほど、不快な思いだったに違いない。

「すぐに行かせます……うちも一緒に行ってもよろしおすやろか」

「へえ。よろしゅうお頼もうします」

「あの……怒ってはるご様子やろか？」

「それがなぁ……奥様もご一緒なんや」

「え？　どういうことどす」

琴子は、自分も急ぎ支度をして、もも奈ともも也を連れて「里中」へと向かった。


お茶屋「里中」の玄関の前まで行き、琴子は立ち止まった。辛くて、胸が苦しくなる。どんな顔をして、六角の前に出たらいいのかわからない。

自分の気を落ち着かせようとして、深呼吸した。

もも奈はもっと辛いだろう。そして、もも也もしかり。妹の不始末は姉の責任。いつもは明るいもも也がしゃべらない。琴子は、心のうちを見せないようにして、二人を先導するように、階段を上がった。

「こんばんは、失礼いたします」

襖《ふすま》を開けると女将から聞いた通り、六角とその奥様が向かい合わせに座っていた。

琴子は、まずは何よりもお詫びをしなくてはと思った。襖を閉めるなり、もも奈とも也を従えて、正座をする。琴子が両手をついて、お詫びを口にしようとした、その時だった。琴子よりも先に、六角が口を開いた。

「かんにんやで」

「え⁉」

六角は、本当に「心から申し訳ない」という、悲し気な顔をして言った。

「この前は、ほんま申し訳……」

六角がそう言いかけたところで、奥様が、

「あんた、そんなんあかん」

と言ったかと思うと、座布団から降りて、琴子たちの前へと座った。そしてシュンとしている六角を招き寄せた。

「あんたもここへ来なはれ」

「そ、そうやな、ちゃんとせなあかん」

と言い、座布団から立ち上がる。そして、六角夫婦は、三人の前に並び、頭を下げた。

「や、やめておくれやす、六角はん、奥様……」

琴子は、戸惑うばかりだ。六角は、頭を上げると、琴子、そしてもも奈ともも也と順に眼を合わせ、おおらかな性格とは似ても似つかぬ細い声で言った。

「言い訳しても許してもらえへんとは思う」

「あんた、言い訳がましくても、ちゃんと言わなあかんで」

まるで、奥様に叱られているように見える。

「そやな……あの時、わては頭がおかしくなってたんやと思う。うちの奴が、精密検査で悪い結果が出てなぁ。それも手術も難儀な場所やて先生が言わはるんや。もうどうしてええんか……わからへん。こいつがおらんようになったら、わては生きていけへん。わても死んでしまうしかない」

「また～あんた、話が違うやろ」

「す、すまん……ほんまはお店出ししてすぐに来たかったんやけど、うちの奴の病気のことしか考えられへんかったんや」

「六角はん、当たり前どす。大切な奥様なんやさかい」

琴子が、チラリとも奈に眼をやると、瞳が潤んでいるのがわかった。その隣で、もも也の眼もうっすらと赤い。

「それでも、手術の予定日が決まってなぁ。ほんま生きてる気がせえへんのや。こっちがそんなに心配してるいうんに、こいつは案外図太くて、『死ぬ時は死ぬ。お医者様と神様・仏様にお任せするしかない』言うて平気な顔してるんや、参るわ」

「平気なわけないやろ、あんた。うちがメソメソしてたら、あんたが暗くなる、商《あきない》に差し障《さわ》る思うて、カラ元気出してただけやがな」

六角は、自分の頭をグルリと撫でて、

「こいつにはかないませんわ」

と、苦笑いした。琴子は、本当にいいご夫婦だなと思った。

「それでなぁ、こいつが病室で言うんや。『なんやあんた、浜ふくさんとこの娘が、お店出しするんやないの？　行かなあかんのやないの』って。『今はそれどころやないやろ』って言うたら、叱られてしもうて。『あんたは、どんな時でも約束破るような男はんやないやろ』ってなぁ……それで、とにかくお座敷に呼んだんや」

「そうどしたか、えろうおおきに……そんな時に……」

「でもなぁ、正直、心ここにあらずやった」

琴子は、高倉院長から、六角の奥様の検査結果がよくなかったことを、チラリと耳にしていた。手術をすることも。だが、それ以上、根掘り葉掘り聞けることでもない。そこまで大変な病気であったこと。さらに、六角が、自分を見失うほど心配して落ち込んでいたことも、露知らなかった。

「ほんま、かんにんや。わて、もも奈ちゃんに取り返しのつかんひどいことしてしもうた。それだけやない。さっき、里中のお母さんから聞いたで。震災で大変な目に遭ったんやてなぁ。急に声が出ぇへんようになったんも、そのせいやて。知らんかったいうても、人として許されることやない。かんにんや、かんにんやで」

「うち、言うてやったんどす。目の見えへんお人に、なんでこれが見えへんのやとか、足が不自由なお人に、ここまで歩いて来なはれ言うんと同じや。あんた、自分のやったことがわかっとるのかて。いくら、うちのこと心配してくれてるいうても、しっかりせんと恥ずかしいでって」

「ほんまになんも言えへん、かんにんや」

再び、六角夫婦は、畳に手をついて三人に深く頭を下げた。

「頭上げてくれなはれ、困りますさかい」

琴子は、慌てて両手を差し出してやめさせようとした。すると、頭を上げた奥様が帯からなにやら取り出し、もも奈に向かって囁《ささや》くように言った。

「おおきに、もも奈ちゃん」

もも奈は、今日はペンもスケッチブックも持って来ていない。急いでいたこともあるが、この前のこともあり、琴子があえて持たせなかったのだ。

もも奈が何か答えようとする。

「う〜う〜」

「かんにん、かんにん。なんも言わんでもええ」

と、六角が手で制した。奥様が話を続ける。

「もも奈ちゃんから、うちのがお手紙もらいました。そのこと、実は、ついさっき知ったんどす。そやけど、その手紙の中に入っていた、このお守りだけは、この人が病室まで持って来てくれたんどす」

奥様は、お守りを差し出して見せた。六角が、経緯《いきさつ》を付け加えるように言う。

「正直、手紙をもろうた時にも、こいつの病気のことで頭がいっぱいやった。毎晩寝られへんし、ごはんも喉通らへん。申し訳ないけど、手紙の内容もよう覚えとらんかった。そやけど、中になぁ、因幡薬師《いなばやくし》さんのお守りが入っとったんや。これはええ思うて、病室に持って行ってこいつに渡したんや」

烏丸高辻《からすまたかつじ》の平等寺。がん封じの願いを聞き届けてくれることで有名で、そのお守りは、薬壺の形をしている。中には、まじないと薬香が入っている。

琴子は、もも奈から、「六角さんへお詫び状書いてええですか」と相談された。マル京のお父さんから、「声が出なければ、手紙を書いたらええ」と勧められた。そして、ちょっと高級な便箋と封筒をもらったのだという。その時、ちょうど耳にしていた奥さんの手術の話を、もも奈にした。すると、「病気平癒《へいゆ》に一番効く神社かお寺を教えてほしい。一緒にお守りを送りたい」と言い出した。そこで、因幡薬師へ連れて行き、ご祈禱を上げてもらいお守りを授与していただいたのだ。

「この人、黙って『はい』言うて渡してくれるさかい、てっきり自分で因幡薬師さんに行ってご祈禱上げてもらったんやと思うてたんや。ところがなぁ、今日の昼間のことや。お昼ご飯食べてる時、この人に『お守りおおきに』言うたら、『実は……もも奈ちゃんから……』言うやないか。それだけやない。里中さんで、もも奈ちゃん泣かせた言うし、叱ってやったんですわ」

琴子は、思い出した。たしか、六角は養子だと聞いていたことを。奥様が、もも奈ににじり寄る。そして、もも奈の両手を取り、因幡薬師のお守りを握らせた。

「おおきに。ほんま、おおきに」

「……う……う〜」

もも奈は戸惑い、どうしたらいいか、わからない様子。

「うちな、ほんまは怖くて怖くて仕方がなかったんや。もし、手術がうまくいかへんかったら……。この人とも、さよならせなあかん。おかしくなりそう、いや、平常心保とうとして、反対に辛くてたまらんかった。今から思うと、この人にもっと泣いてわめいて気持ちをぶつけたらよかった思う」

「おい、お前……」

「怖くて、怖くて、手術室に入る時、先生にお許しもらって、因幡薬師さんのお守り、手に握りしめてたんや。半日もかかる手術やった。おかげで、眼ぇ覚ましたら生きてた。目の前に、この人の顔が見えたんや。もも奈ちゃんのおかげや」

もも奈の瞳から、涙があふれて来た。

「う〜う〜」

何か言おうとしている。琴子には、わかった。「よかったです。病気治ってよかったです」と、喜んでいるに違いない。琴子は思った。もも奈のやさしさは、どこから来るのだろうと。今も、自分自身が辛くて仕方がないはずなのに……。なんで、冷たくされたはずの六角に対して、思いやることができるのか。間違いない。想像を超える苦労を重ねて来たからだ。まだ幼さの残る身でありながらも、温かな心で、「六角はんの苦しみ」を思いやったのだ。きっと、お爺ちゃんからももらったお稲荷さんのお守りのことが頭に浮かんだのだろう。何もして差し上げられない。でも、祈願することはできる。それで、お守りを手紙と一緒に送りたいと思ったのだ。

六角が、言う。

「もも奈ちゃん。うちらから、一つお願いがあるんや」

奥様が続ける。

「踊り見せてくれへんやろうか?」

みんなが、もも奈を見る。

「……」

あまりににわかなことに戸惑っている様子。その時、襖がスーッと開いた。里中の女将さんだ。

「盗み聞き、かんにんどす」

手には、三味線《しゃみせん》を持っている。

「急なことで地方さんおらへんさかい、うちが代わりに弾かせてもらいます」

そう言い、お座敷の中に入ると、脇に座って三味線を構えた。

「でけるか？　もも奈ちゃん」

もも也が、もも奈の膝にふわりと手を置いた。もも奈が、こくりと首を縦に振る。

「一緒に、踊ろうな」

もも也が、もも奈の手を携えて立ち上がる。

二人が、屏風《びょうぶ》の前に立つ。

里中の女将の声が、粋に響いた。

「いくえ！」

テン、テン、テン、トン、ツツツツツットントゥン……♪

〽月はおぼろに東山

霞む夜毎のかがり火に

「祇園小唄」だ。初七日の席で、お爺ちゃんの遺影を前に舞った舞。もも奈は、泣いている。踊りの最中ゆえ、拭くこともできない。白粉《おしろい》の頰の上を次から次へと涙が流れ落ちる。気付くと、その隣で舞う、もも也も泣いている。その涙は、もも奈よりも先に、ぽつぽつと畳を濡らした。

〽夢もいざよう紅ざくら
しのぶ思いを振袖に
祇園恋しや　だらりの帯よ

琴子は、この二年、いや家族を失ってからの十年を辛抱強く耐えたもも奈に、頭の下がる思いがした。

六角夫婦も、踊りを見ながら泣いているらしい。すすり泣く声が聞こえる。そして、二人ともハンカチで涙を拭っているようだ。

だが、琴子はその顔も、舞も、なぜだかぼんやりとしてよく見えない。どうしたのだろう。せっかくの、もも奈ともも也の舞も霞んでいる。すると、六角の奥様が、琴子の方を見て、ハンカチを差し出した。

「琴子お母さん、眼がえろう腫《は》れてはりますえ」

そう言われて、琴子は初めて気づいた。瞬《まばた》きでは追いつかぬほど、涙があふれて止まらないことに。

もも奈は舞い続けている。

その隣で、もも也がときおり、やさしく見守る視線をもも奈に投げかけるのが見てとれた。本当の姉のように。

〽枯れた柳に秋風が
泣くよ今宵《こよい》も夜《よ》もすがら
祇園恋しや　だらりの帯よ

すべての指が爪の先まで揃い、それでいて風になびく柳の枝のようにしなやか。おいど（おしり）をしっかり落としているので、くるりと回っても姿勢がぶれない。「裾《すそ》さばき」も見事だ。裾の長い着物は、歩くことさえ難儀なものだ。それを踏むことなく軽やかに艶《あで》やかに舞っている。

「ああ、うちはこの娘の母親になれて、ほんまに果報者や」

舞の途中にもかかわらず、もも奈を抱きしめてやりたくなった。

「ミャア〜ウゥ〜、ミャウ〜」

まるで三味線の合いの手のように、窓の外から猫の鳴き声が聞こえた。

歓太郎だ！

お爺ちゃんも見守っていてくれるのだ。琴子は、鳴き声のする窓の外を見て心の中で報告した。

（天国のお爺ちゃん。奈々江ちゃんは、立派な舞妓さんになりましたよ！）

錦秋《きんしゅう》の祇園は、三味線の音とともに閑《しず》かに閑かに更《ふ》けていった。

巻末特別インタビュー

著者・志賀内泰弘がもも吉《きち》お母さんに美味《おい》しいぜんざいの作り方を尋《たず》ねる

原稿の締め切りに追われる中、ちょっぴりサボッて祇園《ぎおん》に出掛けた。久し振りに、もも吉庵《あん》を訪ねると、いつもの顔ぶれが迎えてくれた。美都子《みつこ》さん、隠源《いんげん》・隠善《いんぜん》親子……そして琴子《ことこ》お母さんと奈々江《ななえ》ちゃんもいる。

志賀内「みなさん、こんにちは」

もも吉「ようおこしやす」

志賀内「今日は無理言ってすみません」

もも吉「志賀内さんに難儀なこと言われるんは慣れてます。もう準備できてますさかい始めまひょか」

読者のみなさんから、「もも吉庵の場所を教えてください」というお尋ねが相次いでいる。麩《ふ》もちぜんざいを食べてみたいというのだ。でも、それは内緒。その代わりに、作り方を教えてもらいたいと、もも吉お母さんに頼んだのだ。

もも吉「ほんまは調理場をお見せしとうないんやけど、ここでよう見ておくれやす」

まずは材料を説明しまひょ。

お家《うち》で作ると想定して、小豆《あずき》：二百g、上白糖《じょうはくとう》：二百g、塩：二g、あと生《なま》麩《ふ》をいくつか用意しといておくれやす。

ほんなら、順番に作るさかいにな。

①小豆を水洗い

まず小豆を水洗いし、ざるに揚げ、水けを切っとくれやす。

②沸騰《ふっとう》したお湯に小豆を入れる

鍋《なべ》に八百ccの水を沸かし、沸騰したら小豆を入れて、中火《ちゅうび》で七分くらい煮とくれやす。

③びっくり水を入れる

豆にシワが寄って浮いてきたら、四百ccのびっくり水を加えて、さらに十分ほど煮るんどす。一度温度を下げた方が、よう煮えますえ。

④渋を切る
十分ほど煮たら、小豆をざるに揚げて煮汁を切って、さっと水洗いや。鍋の中もきれいに洗《あろ》うてな。この時出る煮汁は棄《す》てたらあかんえ。あずき茶として飲めるんどす。健康にええさかいな。

⑤鍋に千cc（一リットル）の水と小豆を入れ、強火で煮る
沸騰したら弱火にして、アクを取りながら三十分ほど煮てな。

⑥硬さを吟味《ぎんみ》する
小豆が指でつぶれるくらい、それか、味見して歯ごたえが残らん程度がよろしおす。

⑦余熱で蒸らす
火を止めて五分ほど置いとくえ。

⑧上白糖とお塩を入れる
上白糖とお塩を加えて沸騰させ、二、三分したら火を止めてさらに五分置くえ。火を止めて待つことで、砂糖が小豆にしみて、煮崩れせんようになるんどす。

⑨小豆を煮詰める
もっぺん火にかけて、ヘラを揺り動かしながら、中弱火でコトコト煮詰めと

くれやす。

⑩**硬さを整える**

二十分ほど煮詰めて、ヘラからあんこを鍋に落としてあんこが波紋状に残るくらいの硬さになったら火を止めとくれやす。冷めたら粘性《ねんせい》が増すさかい、煮詰めすぎには要注意どす。

⑪**粗熱《あらねつ》を取る**

保存容器に移して三十分ほど置いて、粗熱が取れたら出来上がりどす。

これで六百六十gくらいのつぶあんが出来ます。冷蔵庫で一週間はもつさかいな。

ここからはお好みもあるさかい、ご自身で好きにしよし。

⑫**水を入れてひと煮たち**

鍋に水百五十ccとつぶあん二百g、お塩を少々入れてひと煮たちさせて、とろ火にしてな。

⑬**生麩を加える**

トースターで軽くきつね色に焼いた生麩を入れて、全体を混ぜ合わせて器《うつわ》によそって出来上がりどす。これで二人分や。

隠源「ああ〜美味しそうにでけたなぁ。早う食べさせてぇな、ばあさん」
もも吉「なんやて、誰がばあさんやて、じいさん」
志賀内「まあまあ、みんなで仲良く食べましょ」
もも吉「なんや、志賀内さん携帯が鳴ってますえ」
志賀内「え？　……あ、編集長だ」
たぶん締め切りの話だ。ええぃ！　電話は後回しだ。
もも吉「急ぎの話と違いますの？」
志賀内「いいんです、いいんです。いただきま〜す」
もも吉「鬼編集長さんに叱られても知りまへんえ」

茶碗から小豆の匂いが立ち上った。
おジャコちゃんが、ミャウ〜と鳴いた。

著者紹介
志賀内泰弘（しがない　やすひろ）

作家。

世の中を思いやりでいっぱいにする「プチ紳士・プチ淑女を探せ！」運動代表。月刊紙「プチ紳士からの手紙」編集長も務める。

人のご縁の大切さを後進に導く「志賀内人脈塾」主宰。

思わず人に話したくなる感動的な「ちょっといい話」を新聞・雑誌・Ｗｅｂなどでほぼ毎日連載中。その数は数千におよぶ。

ハートウォーミングな「泣ける」小説のファンは多く、「元気が出た」という便りはひきもきらない。

ＴＶ・ラジオドラマ化多数。

著書『5分で涙があふれて止まらないお話　七転び八起きの人びと』（ＰＨＰ研究所）は、全国多数の有名私立中学の入試問題に採用。

他に「京都祇園もも吉庵のあまから帖」シリーズ（PHP文芸文庫）、『№1トヨタのおもてなし　レクサス星が丘の奇跡』『なぜ、あの人の周りに人が集まるのか？』（以上、PHP研究所）、『なぜ「そうじ」をすると人生が変わるのか？』（ダイヤモンド社）、『ココロがパーッと晴れる「いい話」気象予報士のテラさんと、ぶち猫のテル』（ごま書房新社）、『人生をピカピカに 夢をかなえるそうじの習慣』（朝日新聞出版）、『眠る前5分で読める　心がほっとするいい話』『眠る前5分で読める　心がスーッと軽くなるいい話』（以上、イースト・プレス）、『365日の親孝行』（星雲社）などがある。


目次、登場人物紹介、扉デザイン――小川恵子（瀬戸内デザイン）

本書は、月刊『PHP』に連載された「京都祇園『もも吉庵』のあまから帖」（2019年6、8、12月号）に大幅な加筆をおこない、書き下ろし「桔梗の 揺れて茶会のにわか雨」「告げられぬ 想いの募る夏の夕」「巻末特別インタビュー」を加え書籍化したものです。

ＰＨＰ文芸文庫　京都祇園もも吉庵のあまから帖３

2021年３月18日　第１版第１刷

著　　者　　志　賀　内　泰　弘
発行者　　後　藤　淳　一
発行所　　株式会社ＰＨＰ研究所
東京本部　〒135-8137 江東区豊洲5-6-52
第三制作部　☎03-3520-9620(編集)
普及部　☎03-3520-9630(販売)
京都本部　〒601-8411 京都市南区西九条北ノ内町11
PHP INTERFACE　https://www.php.co.jp/
組　　版　　有限会社エヴリ・シンク
印刷所　　図書印刷株式会社
製本所　　東京美術紙工協業組合

 ISBN978-4-569-90115-2

PHP文芸文庫

京都祇園もも吉庵のあまから帖

志賀内泰弘 著

京都祇園には、元芸妓の女将が営む「一見さんお断り」の甘味処があるという――。ときにほろ苦くも心あたたまる、感動の連作短編集。

PHP文芸文庫

京都祇園もも吉庵のあまから帖2

志賀内泰弘 著

もも吉の娘・美都子の出生の秘密とは？

京都祇園の甘味処「もも吉庵」を舞台に繰り広げられる、味わい深い連作短編集、待望の第二弾。

PHPの本

5分で涙があふれて止まらないお話

七転び八起きの人びと

志賀内泰弘　著

月刊誌『PHP』の連載で大人気だった読み切り小説を書籍化。あたたかい人情あふれる商店街を舞台にした感動の物語。感涙必至の一冊。

PHPの本

翼がくれた心が熱くなるいい話

JALのパイロットの夢、CAの涙、地上スタッフの矜持…

志賀内泰弘 著

日本航空が破綻から再生に至る過程では、社員は屈辱の辛酸を舐めた一方で、温かい励ましや支援ももらった。その感動の実話集。

PHPの本

「いいこと」を引き寄せるギブ&ギブの法則

志賀内泰弘 著

与えても見返りを期待しない「ギブ&ギブ」。その真理に気づいたとき、風前の灯だった島は息を吹き返す！　自己啓発サクセスストーリー。

PHP文芸文庫

第6回京都本大賞受賞作品

異邦人《いりびと》

原田マハ　著

京都の移ろう四季を背景に、若き画家の才能をめぐる人々の「業」を描いた著者新境地のアート小説にして衝撃作。

PHP文芸文庫

京都東山「お悩み相談」人力車

キタハラ 著

夢は捨てた。彼女にも愛想をつかされた。唯一残った人力車夫の仕事で、彼は京を走る！　軽快な筆致で描く、人生宙ぶらりん男の再生物語。

PHP文芸文庫

京都下鴨《しもがも》なぞとき写真帖(1)~(2)

柏井 壽 著

ふだんは老舗料亭のさえない主人でも、ひとたびカメラを持てば……。美食の写真家・金田一ムートンが京都を舞台に様々な謎を解くシリーズ。

PHP文芸文庫

京都西陣なごみ植物店（1）〜（4）

仲町六絵 著

「植物の探偵」を名乗る店員と植物園の職員が、あなたの周りの草花にまつわる悩みを解決します！　京都を舞台にした連作ミステリーシリーズ。